Gli angeli non hanno sesso?
È una bugia del diavolo.
Il mio ce l'ha: è donna.

La gabbia
di Maurizio Cohen

La gabbia
© 1988 Marsilio Editori S.p.A. Venezia
© 2018 Riccardo Condò Editore
ISBN 9788897028482
Stampato da *On demand publishing llc* (USA) su licenza
di Riccardo Condò Editore

Nota dell'autore
Tutti i fatti narrati e i personaggi citati sono frutto di fantasia e in-
venzione letteraria e non sono riconducibili in alcun modo ad eventi
realmente accaduti o a persone esistenti. Ogni riferimento al mondo
reale è puramente casuale. Tranne la dedica.

Ipersegno è un marchio editoriale di Riccardo Condò Editore,
Pineto (Te) - Italia.
Immagine di copertina [Dunca Daniel/123RF]

Maurizio Cohen

La gabbia

2018

RiccardoCondòEditore

1.

Marçio si svegliò. La bougainvillea che scendeva dal tetto cominciò a dimostrare che il tempo stava passando. Per la prima volta l'aria di fine estate era fresca e pungente. La fragranza dei gelsomini nutriva chi la respirava di una strana voglia di muoversi. I bambini che in piccoli gruppi attraversavano il parco per andare a scuola non avevano altro problema che quello di far tardi. Lungo il viale che costeggiava il muro perimetrale dello zoo, evitando pozze di umidità profumata, si fermavano davanti al carretto che fuori dall'ingresso vendeva noccioline e croccanti.

Molti in quei giorni pensarono che è vero: mitezza del tempo è mitezza del carattere. In meno pensarono, ma sicuramente qualcuno lo pensò, che è vero anche il contrario: la cordialità, la voglia di vivere, la gioia comune sono in grado di influenzare le condizioni atmosferiche.

Anche all'interno dello zoo l'aria era diversa. Non era quindi colpa della bougainvillea o delle sue prime rughe se Marçio si era svegliato con la bocca più impastata del solito e lo stomaco più contratto del solito.

Non era nemmeno colpa del pallore del sole, né della puzza che lo circondava.

Da quindici giorni, da quando si trovava lì, ogni mattina arrampicava lo sguardo sulle piante che si affacciavano dal tetto e ruotava leggermente la testa inseguendo il sole tra i rami.

Lo trovava rincorrendolo sempre tra le stesse foglie e continuava questo gioco per alcuni minuti. Era sufficiente che il calore che gli scioglieva le guance si dileguasse un istante per fargli temere di aver perso il sole per sempre. Invece in due settimane non c'era stata una giornata di brutto tempo. Questo era il motivo per cui lui, che di cose sicure aveva bisogno come l'aria, a ogni risveglio giocava col sole e la bougainvillea.

Ma quella mattina il rito preparatorio alla nuova giornata fu trascurato. Non rimase sul letto a interrogarsi su cosa avrebbe fatto o su quali cose nuove sarebbero accadute; non aveva voglia né di guardarsi dalla testa ai piedi, né di grattarsi, né di cercare qualcuno che passasse oltre le pareti. Fece i bisogni nel solito angolo e si asciugò strofinandosi su un mucchio di foglie secche. Il sole e la bougainvillea puzzavano ogni giorno di più.

La notte appena trascorsa lo aveva annientato. Gli incubi non lo abbandonavano da tempo, ma quella notte Marçio aveva toccato il fondo nel mare dell'angoscia e della disperazione.

I due guardiani, perfidi e innaturali, gli erano rimasti accanto per sorvegliarlo. Non gli avevano rivolto la parola né tantomeno avevano mostrato un cedimento alle sue suppliche.

Una sostanza fosforescente, una specie di ectoplasma, leggera più dell'aria, emessa con dei rantoli soffocati dalle loro bocche, strisciando come una serpe fino al suo letto, lo aveva terrorizzato. Questi due rettili di bava densa come vomito lo avevano tormentato per ore bloccandogli braccia e caviglie. Ciò che era sembrato viscido e oleoso a contatto della sua pelle si solidificava e puzzava di marcio.

I guardiani non solo lo avevano ignorato ma avevano permesso a centinaia di folletti di andare a molestarlo, toccarlo, deriderlo. Avevano danzato al lume di candela intorno al letto tutta la notte. Gridavano frasi rabbiose di cui Marçio non capiva il significato e prima di andarsene gli conficcavano nella pelle qualcosa di molto sottile e pungente. Forse un piccolo ago di ghiaccio. C'era sempre un altro ago di ghiaccio ogni volta che uno si era sciolto al calore della paura.

"Ecco perché hanno usato il ghiaccio, – pensò ricalcando con un dito sul torace strisce sbiadite di gelo – non è rimasto il minimo segno, nessuno ci crederà".

Qualcuno gli aveva sostituito il cuscino con uno di piume di pietra.

Ma adesso che era sveglio, bene o male, non aveva motivo di lamentarsi: almeno di notte stava riuscendo ad accettare la sua condizione. La paura che lo aveva immobilizzato nel letto altro non era che un tacito ringraziamento a chi avrebbe potuto trattarlo peggio. Era stato condannato a vivere i suoi drammi ogni notte con nuove sfumature, minuscole ed insignificanti alla luce del sole ma terribili e violente vissute nel sonno su un letto duro come il marmo.

Come le altre mattine Marçio trovò il pensiero giusto per compatirsi e sopravvivere.

"Ci si abitua a tutto – pensò – anche alle cose più frustranti, purché abbiano la forza di diventare routine".

Si ricordò che uno dei guardiani si era voltato un paio di volte verso di lui. Negli occhi di quel mostro, due lamine prive di qualsiasi capacità di esprimersi, per qualche attimo era comparso un lampo rosa di umanità. Un messaggio anonimo, breve, lontanissimo, che era riuscito a captare e a tradurre. L'iniezione di energia che inventava ogni giorno per arrivare tranquillo fino a sera. Tirò un sospiro di sollievo scollandosi alcune foglie dalle cosce.

Si strofinò il braccio sul viso per trovare un odore sulla pelle, si soffiò il naso nel palmo della mano. Si affacciò alla vetrata: la bougainvillea da vicino puzzava ancora di più. Non c'era nulla per strada che si muovesse o rivelasse la presenza di qualcosa in grado di tranquillizzarlo. L'aria aveva un profumo e un colore sconosciuto, i contorni del viale apparivano più nitidi, senza sbavature. Si sentì di nuovo solo e riuscì a non pensare ai folletti solo per qualche attimo. Anche l'estate lo aveva abbandonato, anche la bougainvillea, presto anche il sole. Si abbandonò sul mucchio di foglie sporche. Raccolse da terra alcune briciole e le ingoiò. Poi si specchiò. Almeno cercò di farlo. Il sole basso spargeva confusi riflessi sul vetro. Non capiva se il suo aspetto fosse ancora quello del giorno precedente. Abbassò il capo massaggiandosi la fronte sudata, sottolineò con l'indice una ruga sotto gli occhi, assaporò la gioia di avere il corpo sotto controllo. Sorrise. Si sforzò di seguire il movimento delle sue labbra sul vetro. Non vide nulla. Si aggiustò con le mani il sacco di juta che lo copriva dalla vita a metà cosce, sputò per terra.

Si allontanò dal vetro pensando che prima o poi avrebbe avuto bisogno di uno specchio. Si voltò per specchiarsi un'altra volta prima di sdraiarsi nuovamente sul letto. In quell'istante la sua faccia calma e tranquilla, chiarissima e distesa, gli sorrise.

Continuò a lungo a fissare la sua immagine acquarellata sul vetro, con le unghie si pulì naso e orecchie. Tirò un respiro profondo, si sdraiò sul letto, chiuse gli occhi e si rigirò due volte su se stesso fino a ritornare con la faccia verso il vetro. Spalancò gli occhi: il suo volto era ancora lì, fermo e deciso, che lo fissava meravigliato. Le sopracciglia pelose sembravano due crepe nel vetro, le narici due fori di proiettile.

Si sentì imbarazzato dalla sua stessa presenza, scrutato dai capelli ai piedi dalla sua stessa faccia. Ruttò. Non valeva la pena instaurare un qualsiasi rapporto con quel volto arrogante. "A lei la prima mossa – pensò – Non posso diventare schiavo anche di un riflesso". Piano piano, pur continuando a fissarla, se ne dimenticò.

Chiuse gli occhi e si assentò per dieci lunghissimi minuti quando qualcuno lo svegliò porgendogli una ciotola di riso.

2.

Lo zoo faceva parte di un grande parco, la più vasta distesa verde della città.

Alcuni anni prima si era formato un Comitato di difesa del parco e dello zoo che non aveva mai tardato a polemizzare con le autorità ogni volta che quest'oasi fosse stata minacciata da lottizzazioni, costruzioni e parcheggi. Le automobili avevano perduto il privilegio di entrarvi. Nessuno con motori o rumori poteva accedervi.

In poco tempo il parco era passato da uno stato di agonia a un rigoglioso insieme di uccelli, piccoli mammiferi e bambini. In ogni stagione, in ogni ora del giorno (e anche della notte) per le piccole vie sterrate sui saliscendi perfettamente curati e fioriti, era un continuo movimento, un brusio festoso e pacifico, un gioco ininterrotto.

Il parco ringraziava ubriacando tutti di un'aria fresca e soffice come in nessuna altra parte della regione si poteva respirare.

Una bancarella sotto una piccola capanna di paglia informava chiunque sulle iniziative che il comitato stava portando avanti. Libri, pubblicazioni, consigli su tutto ciò che riguardava la natura e le piante. Ai bambini che sapevano riconoscere gli alberi tutte queste cose venivano regalate.

Soltanto l'area occupata dallo zoo non godeva di questi benefici.

Lo zoo era strozzato da un vecchissimo muro di cinta fagocitato da un'edera incontrollabile che si impadroniva di ogni fessura. Il tempo aveva aperto nei mattoni migliaia di ferite. Sotto l'edera tre o quattro generazioni rinsecchite della stessa erba rendevano il muro goffo e pericolante. Era un ricettacolo straordinario per miriadi di insetti: d'estate, al tramonto, il muro scompariva sollevato da sciami di moscerini e di altri insetti che offuscavano l'aria e si attaccavano alla pelle.

Una fila di pini costeggiava dall'interno il muro ma i rami lo avevano scavalcato fuggendo all'esterno.

L'ingresso aveva un aspetto curioso: un capriccio o un errore di qualche tecnico chiamato chissà quando a restaurarne la facciata. Ricordava qualcosa di falsamente orientale poiché il muro dai due lati saliva lentamente a formare una specie di pagoda.

Sotto alcune traverse si slanciava un cancello verde verniciato senza rimuovere la ruggine. I supporti verticali terminavano con decine di punte aguzze divorate dal cancro, anch'esse a forma di pagoda.

Insomma, esternamente lo zoo dava un'impressione dimessa e trascurata; sarebbe bastato poco per renderlo più gradevole; i giardini, il cancello e il marmo opaco soffrivano e i rifiuti ne infettavano le ferite. Anche la biglietteria, una piccola finestrella sulla destra dell'entrata, era inquadrata nella monotonia del resto. Un cartello senza angoli, macchiato di caffè, appoggiato dall'altra parte del vetro, aveva i prezzi ritoccati più volte.

L'interno non era differente da come poteva essere immaginato: trascuratezza e disorganizzazione regnavano sovrane.

La mattina presto alcuni uomini in divisa arancione armati di scope e secchi si aggiravano senza convinzione per le vie strette e tortuose. Le gabbie erano pulite saltuariamente e senza cura. Le siepi che delimitavano le rare strade asfaltate erano potate irregolarmente. Nei punti più difficili da raggiungere nascevano spontanee sculture astratte di cartacce e lattine di birra. Molti visitatori non sapevano leggere i cartelli che in tre lingue invitavano a tenere il giardino pulito.

Quell'aria di povertà, di disinteresse, di trasandata manutenzione, era tollerata senza un motivo apparentemente logico che la giustificasse.

I percorsi obbligati tra le anguste stradine che si contorcevano in continui saliscendi attraverso gallerie, ponti di legno sospesi su aridi ruscelli e circondati da cartelloni pubblicitari scoloriti, procuravano lo stesso effetto del seguire la vita monotona e insopportabile di un trenino elettrico. In quella città, come nelle altre, lo zoo aveva uno strano sapore agrodolce.

Qualche anno prima all'interno del parco era stata scoperta una statua in onore del fondatore dello zoo, un vecchio magnate vissuto negli ultimi anni del secolo scorso, eletto sindaco della città. Ma appena quindici giorni dopo l'inaugurazione, la statua durante un violento temporale, era crollata. I custodi e i guardiani giurarono che tutti gli animali, dalle scimmie agli uccelli, dai felini ai grossi erbivori, avevano cominciato a ridere. Una piccola scimmia, ogni volta che la carriola portando via i resti del fondatore passava davanti alla sua gabbia, rideva a crepapelle, assumendo una strana posizione eretta e imitando l'espressione austera della statua. Poi dopo essere salita sopra un tronco mozzato a metà applaudiva agitando le mani sempre con lo stesso ritmo. Tutte le scimmie la imitavano. Venne punita.

3.

Manuel ritornò a casa verso le diciannove e trenta. Sorrise ai pesci che nell'acquario di fronte alla porta d'ingresso lo stavano aspettando con il muso schiacciato contro la parete. Sapevano che avrebbe lanciato la borsa di pelle sul divano e dopo aver battuto le nocche contro il plexiglas avrebbe dato loro il solito aperitivo di larve di mosche e vermi.

"Com'è andata?" gridò sua moglie dalla cucina.

"C'è stato un attentato vicino alla stazione. Un'ora senza andare avanti o indietro di un metro. Ambulanze e polizia non riuscivano a passare in quel casino. Non hai sentito nulla alla televisione?" chiese Manuel affacciandosi allo stipite della cucina.

"Non ho avuto tempo."

"Sembra che abbiano sparato a due poliziotti" disse Manuel riponendo le scarpe nell'armadio di fronte alla cucina.

"Allora come sei stata oggi? Hai un bell'aspetto."

"Ho sempre l'affanno. Mi gira in continuazione la testa" rispose Barbara scolando la pasta.

Era una donna piacevole, fisicamente e non, e colpiva l'attenzione per i modi di fare decisi ma garbati. Il suo viso mostrava qualche anno in meno dei suoi trentasei: regolare, senza la minima asperità, talmente regolare che Manuel talvolta si era chiesto se per caso sua moglie gli sarebbe piaciuta di più con il naso aquilino o i denti meno lucidi. Piaceva a tutti meno che a se stessa. La sua pelle era olivastra e liscia e Barbara, al contrario di Manuel che era spesso deriso dagli amici per il suo pallore, sembrava abbronzata tutto l'anno. Si amavano ed era facile capirlo.

Non avevano figli. I medici avevano sostenuto che era Manuel a non poter diventare padre. Ma da un mese Barbara era incinta. E da un mese aveva cominciato a stare male.

Il dopo cena fu quello di una sera normale. Davanti alla televisione Manuel cambiò cento programmi finché Barbara non gli strappò di mano il telecomando.

Subito dopo lei si struccò, si infilò nel letto e preparò la radiosveglia.

Manuel invece si mise a sedere per terra di fronte al tavolo ancora sporco e disordinato per la cena. Cominciò a fare gli esercizi di esperanto. Lo studiava da due anni e ne era entusiasta perché sapeva che non l'avrebbe mai parlato al di fuori dell'istituto dove, dopo l'ufficio, tre volte a settimana andava a prendere lezioni. Come al solito si chiese che utilità avesse perdere il sonno per fare quegli esercizi, ma quando alcuni minuti dopo realizzò che se lo era chiesto pensandolo in esperanto, fu felice. Barbara lo aspettò finché si addormentò con un libro sulla faccia.

Dopo più di un'ora Manuel, in mutande, si infilò nel letto. Riaccese la luce dopo cinque minuti e le domandò sottovoce qualcosa in esperanto. Andò avanti così per un po', sostituendosi ai sogni di Barbara e rispondendosi da solo.

Nel mezzo della notte, quando dalle imposte della finestra filtrava un buio un po' più chiaro, Barbara si svegliò e per la prima volta in nove anni di vita, di notti e di sonni insieme, fu lei ad accendere la luce. Appoggiò la testa alla parete, si stropicciò gli occhi, sistemò la maglietta arrotolata sui seni. Soffocando alcuni colpi di tosse si carezzò il ventre. Col ricamo del lenzuolo si asciugò un accenno di lacrima. Masticò a lungo le parole che aveva in mente. Le vene del collo si gonfiarono.

Non lo toccò, nemmeno lo sfiorò.

La sua voce perfettamente modulata sembrò provenire da lontano.

"Ho deciso Manuel. Non lo tengo. Non me la sento."

Manuel spalancò gli occhi ma non si voltò. Sentì la bocca anestetizzata da un impasto amaro che traboccava dal fegato. L'addome vibrò fino a comprimergli il diaframma. Bruciò in un attimo l'ossigeno nei polmoni, le litografie sulla parete ondeggiarono violentemente, i mobili, le tende, il pavimento sfidarono le leggi di gravità. Con il palmo della mano cercò lo spigolo del letto per non rotolare giù.

I primi raggi del sole illuminarono la stanza e le tracce delle lacrime di Barbara.

Manuel rimase a letto, aggrappato al bordo, col fegato diventato un tamburo. Quando Barbara si addormentò Manuel respirò l'aroma dei suoi seni che gli sciolse il palato. Li carezzò mentre lei nel sonno sorrideva.

Più tardi Manuel si ritrovò a vagare nel corridoio. Controllò allo specchio che non stesse dormendo. Prima di accendere la luce del bagno afferrò con tutte e due le mani lo stipite della porta e vi picchiò il capo. Si tagliò la fronte. Si specchiò e godette del dolore che lo aveva riportato alla realtà. Riempì un asciugamano di sangue e di sudore e lo strizzò nel lavandino.

Dopo alcuni minuti era di nuovo in mezzo alle briciole e ai tovaglioli abbandonati sulla tovaglia di carta stropicciata. Barbara al suo risveglio avrebbe trovato volti confusi di bambini tracciati a malapena su quel pezzo di carta unto: facce sbiadite, tratteggiate con tante bocche, innumerevoli nasi e altrettanti occhi sparsi qua e là senza alcun ordine, disegnati perché il foglio si riempisse; scarabocchiati col pennarello inseguendo chissà cosa.

Barbara ritagliò la tovaglia e la ripose in una grossa scatola di cartone rosso a pois bianchi che teneva in cima ad un armadio. Era stracolma di fogli, foglietti, biglietti e bigliettini, lettere, tappi, conti e ricevute fiscali, menù, carte da gioco, buste e bustine, pezzi di carta, di stoffa o di plastica di tutte le misure colori e forme su ognuno dei quali Manuel aveva scritto o disegnato qualcosa. Una miniera di ricordi che col tempo, anziché esaurirsi, si gonfiava. Prima di richiuderla Barbara, come faceva tutte le volte, pescò dal fondo un bigliettino a caso. Questa volta era un vecchio scontrino di una tintoria dove sul retro con una matita verde era scritto:

Sui tuoi seni c'è uno specchio:
mi ci sono visto vecchio.
4 ore e 37 d'amore: un nuovo record.
Ti amo
Manuel

4.

Nei primi tempi di quella sistemazione Marçio trascurò qualsiasi rapporto con cose, persone e animali.

Ovviamente aveva ben pochi elementi su cui basare i propri ragionamenti. Il suo pensiero non andava oltre il rendersi conto del sonno, del bere o del mangiare.

Non si preoccupò di capire se la gabbia avesse una certa funzionalità o di come migliorarla, di come impostare la propria vita, non programmò nulla del suo futuro.

Solo dopo un paio di settimane dal suo arrivo cominciò a guardarsi intorno e a catalogare tutto, a valutarne l'importanza presente o futura.

La sua gabbia era la più spaziosa e confortevole. Aveva sempre ospitato gli animali che a seconda dei momenti e delle occasioni erano stati considerati i più interessanti. Fino al giorno del suo arrivo era stata occupata dalla coppia di gorilla. Sul muro esterno della gabbia era ancora attaccato un cartello di latta arrugginita con la seguente spiegazione:

GORILLA

LA SCIMMIA PIÙ GRANDE CHE ESISTA. IL MASCHIO ADULTO PUÒ ARRIVARE A DUE METRI DI ALTEZZA E PESARE FINO A 275 KILOGRAMMI. LA FEMMINA È MOLTO PIÙ PICCOLA. IL GORILLA HA SEMPRE PELAME E PELLE NERA, CORPO MASSICCIO E MANO TOZZA, GRANDI CANINI, NARICI AMPIE E BRACCIA PIÙ LUNGHE DELL'AVAMBRACCIO. VIVE NELLE FORESTE EQUATO-

RIALI AFRICANE (GABON, CAMERUN, ZAIRE) ED
È TRA LE ANTROPOMORFE IL PIÙ TERRAGNOLO.
SUL SUOLO CAMMINA IN POSIZIONE SEMIERET-
TA. LA FEMMINA CON I FIGLI VIVE IN UN NIDO
ARBOREO SAPIENTEMENTE COSTRUITO TRA I
RAMI E LE FRONDE MENTRE IL MASCHIO CAPO-
FAMIGLIA RESTA A TERRA, AI PIEDI DELL'ALBERO
CON FUNZIONI DI SENTINELLA.

Nome: Marçio
Provenienza: foresta equatoriale del Camerun

Marçio doveva il suo nome esotico proprio a quel cartello.
Infatti questo era stato il nome del primo gorilla che lo zoo
aveva ospitato alcuni decenni prima; così erano stati chiamati tutti i gorilla venuti dopo.

Nessuno aveva avuto il minimo dubbio che quella dovesse essere la gabbia che gli spettava di diritto.

Era composta da due grandi stanzoni, uno esterno e uno
interno, collegati da un passaggio stretto e scomodo che poteva essere aperto tramite una maniglia fissata all'esterno.

Marçio capì subito che i suoi orari sarebbero stati regolati
da quella maniglia. In futuro quel passaggio sarebbe servito a
molti scopi. Lo avrebbero usato per punirlo condannandolo
al freddo o al caldo, alla solitudine o alla compagnia forzata.

La parte interna della gabbia si affacciava su un locale
chiuso dove il pubblico raramente veniva fatto accedere. Di
fronte a lui, sotto lo stesso tetto, terminava la parte più interna di un'altra gabbia più piccola dove dopo l'arrivo di Marçio
erano stati trasferiti i due gorilla. Tutta la parte interna, dove
gli animali erano più controllabili, era chiusa da un finestro-
ne che non permetteva di ascoltare alcun rumore. All'esterno, tranne che su un lato, invece non c'erano vetri ma sbarre
vere e proprie in cui un uomo poteva tranquillamente infilare
la mano. I visitatori erano tenuti lontani da una ringhiera distante un metro che impediva a chiunque di toccare le bestie.

Più tardi le sbarre furono infittite da una impercettibile rete metallica e la parte più bassa, quella meno controllabile, fu chiusa con un vetro anche esternamente.

Dopo pochi giorni Marçio era in grado di sapere dove conveniva riposare per non essere colpito direttamente dai raggi del sole, sapeva dove le voci dei visitatori arrivavano più soffocate e dove era meglio stare per ottenere un po' di svago e di nascosto qualche nocciolina.

Nello stanzone esterno una grossa panca si appoggiava alla parete.

Un po' più in là c'erano due grossi copertoni di camion, il più divertente passatempo per i gorilla e il loro più grande rimpianto. Marçio non li considerava un gioco e non si sarebbe mai abbassato a tanto. Invece li sfruttò, nello stupore generale, come una poltrona. Quando voleva rilassarsi e il passaggio per l'interno era sbarrato, prendeva i due copertoni, li posava uno sull'altro e ci si sedeva sopra posando il sedere all'interno. Rimaneva appoggiato con le cosce ai copertoni ciondolando le gambe. Piano piano i copertoni diventarono due accessori fondamentali nel vuoto della gabbia e della vita di Marçio.

Non fu così per tre grossi funi appese al soffitto con dei grossi ganci arrugginiti. Anche queste facevano parte del bagaglio che i gorilla non avevano potuto portarsi nel nuovo alloggio. Ma Marçio odiava le funi: non ne capiva l'utilità e non sopportava l'idea che qualcuno stesse aspettando che cominciasse ad arrampicarcisi.

Nella gabbia oltre a queste cose c'erano solo alcune robuste travi metalliche che erano infilate perpendicolarmente nel muro. Si incastravano in modo confuso e irregolare una con l'altra e permettevano a qualsiasi animale di salirci. In cima, quasi a toccare il soffitto su cui poggiava una grossa tavola di legno ruvido e massiccio, formavano una piattaforma. Marçio saliva lassù quando doveva sfogarsi. Stava seduto con le spalle rivolte al pubblico ad aspettare che pensieri e lacrime si esaurissero. Trascorreva sospeso ore intere, curvo, con il collo e la schiena che gli dolevano e le spine di legno che gli pungevano la carne. L'intonaco umido e verdo-gnolo lungo l'angolo del tetto puzzava di marcio e formava le più strane fantasie.

Nonostante ciò quei grossi tronchi di carta vetrata erano la zattera che lo trasportava lontano, per ore, in mezzo al cielo della gabbia.

Avrebbe voluto alzare le vele ed essere accompagnato dal vento della comprensione per il mondo. Ma il vento si fermava al di là delle sbarre; la bonaccia rendeva il mare calmo e piatto come il più piccolo dei laghi. Alla fine non gli rimaneva da fare che scendere e levarsi le spine dalle cosce davanti ai visitatori divertiti.

La stanza interna era ancora più spoglia. Un tavolaccio era appoggiato ad una parete: un pezzo di legno lungo più di due metri e molto stretto incastrato in un'ampia rientranza del muro. Un fetido odore sgorgava, a non più di tre metri dal letto, da una piccola vasca di un metro quadrato. Per questo Marçio, quando non faceva freddo e le mattonelle non erano gelate, preferiva dormire per terra accanto alle sbarre.

In quel buco del pavimento i gorilla per anni avevano fatto i loro bisogni. L'acqua veniva cambiata a settimane alterne.

Abituò presto l'olfatto a quella puzza che entrando nel naso gli cementava la bocca e la gola. Imparò a lavarsi soltanto con l'acqua pulita.

Tutto era catalogato secondo le comodità che poteva ricavarne.

Nella sua insicurezza, nello scoprire le impercettibili sfumature, faceva una grande confusione. Le sbarre non riusciva a capirle: erano la separazione materiale dal mondo, o rappresentavano la sicurezza? Il sonno era un anestetico che addormentava i tormenti in cui il suo cervello si macerava, oppure un altro mezzo per confondergli la realtà? Questi ragionamenti scandivano le ore nella miseria delle sue giornate.

I suoi dubbi continui gli apparivano come palline di mercurio sparse sul pavimento dopo che il termometro della razionalità si era frantumato. Marçio le raccoglieva una ad una ed inevitabilmente tornavano a far parte della massa più grande. Non sarebbe venuto a capo di niente finché non avesse risolto il suo problema principale: riuscire a spiegarsi perché era lì.

5.

La giornata si distingueva dalle altre per i numeri diversi che apparivano sul calendario.

Manuel si annoiava; accanto a lui, appoggiati ad altre scrivanie, due suoi colleghi leggevano il giornale.

Avrebbe ricordato a lungo quelle ore per un terribile mal di testa che lo aveva tormentato fino a sera tardi. E non solo per questo. Alle dieci aveva divorato quattro pillole e sapere che per tre ore non avrebbe più potuto prenderne non fece altro che aumentare il suo malessere: dal momento in cui i tre impiegati erano entrati nell'ufficio alle otto e trenta, la loro banale conversazione era stata interrotta da lunghissime pause.

"Forse ci aumentano lo stipendio" disse uno sollevando il giornale da una scrivania completamente vuota tranne che per alcune penne e un blocchetto vergine.

"E il pane, e il caffè, la luce, il gas, la…" disse Manuel stringendo le dita intrecciate sopra la testa e comprimendosi il capo con movimenti circolari.

Fu interrotto dall'altro collega.

"La benzina, l'affitto, il telefono, il riscaldamento, i treni, le autostrade, le tasse, diminuiscono? Leggi, da qualche parte ci deve essere scritto."

"Queste cose non diminuiscono ma l'inflazione sì" rispose l'altro serio, con lo sguardo inchiodato al giornale.

Manuel si levò dalla bocca una gomma americana e la appiccicò sotto la scrivania.

L'ufficio si trovava al centro della città, al sesto piano di un palazzo abbastanza vecchio per essere considerato cadente e troppo nuovo per essere buttato giù. Manuel sedeva accanto ad una vetrata fredda d'inverno e calda d'estate.

Spesso s'incantava a guardare di sotto. Il suo lavoro lo teneva così poco impegnato che adocchiare una persona per strada, vederla entrare in qualche locale, aspettare anche più di un'ora con lo sguardo sbarrato che riuscisse, era uno dei suoi giochi preferiti. Era diventato infallibile nel giudicare la gente con un solo colpo d'occhio. Difficilmente, dal sesto piano, sbagliava.

Come tante altre volte, nonostante il mal di testa, si vergognò dell'inutilità di quel passatempo. Poco dopo fissò i due colleghi. Di loro non sapeva nulla. In sette anni non li aveva mai visti fuori dall'ufficio.

"La settimana prossima vi invito a cena così conoscete mia moglie" disse a mezza voce.

Dalle scrivanie non si alzò nemmeno uno sguardo e l'emicrania divenne un alibi perfetto per allontanare certi pensieri. Avvertì diffondersi nello stomaco un acido senso di costrizione. Suonò il telefono ma nessuno rispose. Si vergognò di se stesso e del suo mal di testa. Gli altri due intanto ridevano sguaiati su una rivista pornografica.

Manuel uscì nel corridoio e si avvicinò alla macchina che per poche lire offriva una colazione calda. Infilò una banconota di piccolo taglio. Dalla macchina niente, nemmeno una luce.

"Fottiti" gridò menando un pugno all'altezza di quello che riteneva lo stomaco della macchina.

Questa tacque.

"Vai a farti fottere. Sempre la stessa storia" urlò nuovamente colpendola in bocca. Dalla macchina ancora niente.

Il primo collega richiuse il giornale e si alzò. Colpì con un calcio la macchina e si rivolse a Manuel.

"Non c'è niente da fare: stamattina ci ha fregato tutti. È una bastarda."

La colpì di nuovo. Stavano tornando nella stanza quando si sentì un urlo straziante, agghiacciante e interminabile. Si affacciarono alla finestra appena in tempo per seguire il volo di un operaio con la tuta blu gonfiata dall'aria che precipitava da un'impalcatura del palazzo di fronte. Il volo e l'urlo durarono qualche istante e qualche piano. Sembrava scendere al rallentatore. Il volo fu interrotto da un tonfo sordo e innaturale: la testa dell'uomo vergognandosi schizzò sotto un'automobile. Il corpo senza un sussulto si incastrò tra due macchine.

Manuel sentì una scarica di pugni abbattersi sul torace. Il telefono continuò a squillare a vuoto.

Il mal di testa si diffuse alle articolazioni.

In quel momento la macchina ladra cominciò a emettere strani gemiti, lamenti di ingranaggi, rutti metallici. Vomitò cappuccini e merendine confezionate. I due colleghi di Manuel vi si gettarono sotto e a fatica posarono sui tavoli ciò che la macchina partoriva.

"Ha capito come si deve comportare. Oggi si mangia gratis" disse uno versando sulla scrivania due caffè e una montagna di tavolette di cioccolato.

Manuel non sopportò più. Fece appena in tempo a imitare la macchina e a vomitare dentro un cestino per la carta. Prese il giubbotto, timbrò il cartellino, vuotò dalla finestra il cestino e si buttò di corsa per le scale.

Uscì dal retro per non mischiarsi alla folla di curiosi.

"Ho bisogno di riposo" disse a se stesso specchiandosi nella vetrina di una farmacia.

"Ho bisogno di riposo, di allontanarmi, di qualcosa di diverso".

Sentiva la lingua gonfia e ruvida, le gengive gelide. Sputò due o tre volte per terra. Respirando a bocca aperta ripensò alla macchina delle colazioni.

Le sirene intanto gli frustavano il cervello.

6.

Per cinque giorni sotto lo sguardo curioso di tutte le bestie e di Marçio, lo zoo fu invaso da squadre di operai. Ridipinsero i muri, verniciarono le gabbie, gli uffici e il cancello principale. L'erba fu tagliata, potarono gli alberi, cambiarono l'acqua a vasche e piscine, due camion attraversarono in continuazione i vicoli innaffiando le siepi, grattando, lavando, disinfettando, lucidando. Sgrassarono targhe e cartelli, scaricarono quintali di materiali.

All'interno delle gabbie nessuno immaginò cosa stava succedendo. Solo Marçio, anche se non poteva conoscere il motivo di tale frenesia, era convinto che quella drastica operazione era possibile solo grazie alle entrate che lui garantiva alle casse dello zoo. Quei lavori non gli facevano piacere. A lui conveniva uno zoo sporco e dimesso, senza importanza, senza troppi controllori e controllati.

Non voleva che aumentasse l'interesse nei suoi confronti proprio quando aveva cominciato a sperare di finire presto nel dimenticatoio.

Così, soltanto pochi giorni dopo essersi calmato, decise di non collaborare più. Non valeva la pena accettare la sciagura con ottimismo e tranquillità; gli animali che lo circondavano erano lì a dimostrarlo.

Una tartaruga viveva nello stesso recinto da trentasette anni. Non serviva a nulla essere calmo e sottomesso perché i vantaggi non compensavano la perdita di energie fisiche e mentali.

Cibo migliore, più ore di sonno, più tempo libero, più giochi in cambio del suo cervello.

Da quando si era calmato non aveva più pensato una sola volta a come sarebbe stato possibile scappare o semplicemente a cosa fare per comunicare con l'esterno.

I due gorilla della gabbia di fronte gli facevano pena. Erano tranquilli solo perché facevano l'amore ogni tanto.

La piazzetta si stava affollando di operai e di inservienti.

Si accucciò e partecipò con attenzione all'insolito spettacolo che l'amministrazione, grazie a lui, aveva deciso di offrire per i viali dello zoo.

Rinnovarono da cima a fondo anche le gabbie e non tutti gli animali lo sopportarono.

L'odore di disinfettante innervosì i più irrequieti.

Qualcuno fu trasferito perché cominciava a starnutire nervosamente.

Marçio fu isolato in una minuscola gabbia sul retro dello zoo, dove una volta esisteva il serpentario, perché in quei giorni chi lo sorvegliava aveva notato il suo brusco cambiamento.

Nelle visite di controllo non era più riuscito a reprimere la sua agitazione. Le pulsazioni erano alterate. Gli occhi tradivano qualcosa di poco decifrabile ma sicuramente anormale. Così il direttore decise che non fosse il caso di lasciare Marçio nella sua gabbia mentre la pulivano. Né che si potesse rischiare chiudendolo nelle gabbie comuni. Ordinò inoltre di raddoppiargli le dosi di calmante nel cibo.

Marçio si ritrovò solo come prima, e scomodo più di prima, a sopravvivere tre giorni in una gabbia cinque volte più piccola della sua. Il letto era più duro e più corto. Ovunque marciavano indisturbate orde di formiche. Ne uccise a migliaia e passò la prima notte a menare schiaffi e pedate per contrastarne l'avanzata.

Zanzare, mosconi, grilli, tafani, e scorpioni. Due topi si affacciarono alla gabbia ma non riuscirono a entrare; i rospi si intimorirono. Così lucertole e gechi.

La luna, tenuta su da due rami, illuminava soltanto un piccolo angolo della gabbia ed è lì che Marçio compì attacchi furibondi.

Risparmiò solo i gechi: gli stavano simpatici. Dal giorno dell'arrivo allo zoo erano stati gli unici che col loro atteggiamento remissivo, non invadente e tanto meno provocatorio, si erano mostrati solidali.

La mattina si svegliò col primo raggio di sole, intontito per i combattimenti. Nella gabbia tre grossi gechi, immobili e trasparenti, a colpi di lingua facevano sparire centinaia di cadaveri. Era confuso e coperto di graffi: non aveva avuto pietà nemmeno di se stesso. Rimase altri due giorni seduto in un angolo senza vedere anima viva. La seconda sera si scordarono di portargli il cibo. Anche gli insetti lo ignorarono. Ma Marçio pensava ad altro e non si accorse di aver diviso la cena con i gechi.

7.

Manuel si incamminò verso casa compiendo un largo giro a piedi. Scoprì nuove fontane, case, automobili, facce. Gli sembrava impossibile che quella fosse proprio la sua città, il suo quartiere. Si sentiva solo e disperato come poche altre volte.

La solitudine e la disperazione aumentavano. Niente e nessuno ormai, al contrario di quanto era accaduto fino a poco tempo prima, gli passava sotto il naso senza che lui lo giudicasse, lo sezionasse nel cuore e nel cervello in minuscoli pezzettini, lo trasformasse e lo risputasse sull'asfalto sotto forma di dubbio, di vomito, di angoscia.

Fagocitava tutto ciò che la vita gli proponeva. Questa era la causa del suo malcontento, il motivo scatenante della nausea. Era convinto che non ci potesse essere rimedio per nessuno. Fortunati erano e sarebbero stati quelli che di tutto ciò non si sarebbero mai accorti.

"Il mondo è fatto per questa gente" pensò ripetutamente nel corso di quelle ore.

"È perché il mondo gira" aggiungeva ogni volta dopo pochi secondi.

Fu trascinato da correnti di folla che evadeva dagli uffici, vagò per il parco prendendo a calci sassi e persone. Quando si fissò a guardare il muro pericolante dello zoo, provò la sensazione di quello che era sempre stato e si convinse che tutto ciò sarebbe continuato aggravandosi sempre più. Non riusciva a illuminare il fondo della botola dove lentamente stava precipitando.

Accusò del suo malessere un misterioso virus, rarissimo e inesorabile, che prediligeva attaccare gli organismi destinati a vivere tranquillamente. Nel parco alcuni alberi erano inspiegabilmente secchi. La predestinazione era uno dei sintomi meno nocivi del virus e faceva in modo che nonostante tutto Manuel non se la prendesse più di tanto. Così ad attimi di sconforto univa momenti in cui accettava tutto ciò come condizione naturale, programmata, inevitabile.

Ognuno aveva le sue pene e le sue croci da portare.

"I fardelli, di qualsiasi tipo siano, pesano sempre e il mio mi permette ancora di vivere, camminare, pensare, come un uomo normalissimo" ripeté osservando i guardiani che chiudevano i cancelli dello zoo.

Tra un pensiero e l'altro arrivò a casa. Non giustificò il suo ritardo e Barbara non gli chiese nulla.

Mangiarono tranquillamente senza avvertire la necessità di scambiarsi una parola o uno sguardo. Dopo cena anche quella sera si ignorarono con televisione e giornali.

Manuel, ascoltando il telegiornale, sbrigò parte degli esercizi di esperanto. Per l'ennesima volta pensò disgustato che anche quella era una cosa inutile.

Prima di addormentarsi si rivolse a Barbara con tono freddo e distante.

"Non ce la faccio più" le disse. Leggeva una dichiarazione di resa assoluta e spietata verso qualcuno che conosceva.

Barbara rispose con la voce più comprensiva che le potesse uscire dopo ore di silenzio forzato.

"Prendila tu la decisione, devi uscirne fuori da solo. Amore, io non posso aiutarti ma sono disposta a tutto."

Gli accarezzò la fronte, il collo e il torace tesi per il respiro affannato.

Manuel continuò a parlare con gli occhi sbarrati, le pupille rivolte all'insù.

"Proviamo a fuggire in un posto diverso."

"Non esiste" disse Barbara scuotendo la testa.

"Le lancette dell'orologio che non camminano se non le guardi, la rugiada sulle foglie, le pagine dei giornali bianche, il silenzio... Queste cose non risolveranno niente ma almeno potranno distendermi, rilassarmi, una boccata di ossigeno, forse potranno suggerirmi qualcosa... Oggi tornando a casa ho pensato che in questi anni non siamo mai stati completamente da soli, mai."

Manuel era dolcissimo. Continuando ad accarezzarlo Barbara si faceva forza di credere in una poco probabile soluzione.

"Nulla ci vieta di provare!" rispose fingendo entusiasmo.

"Domani chiederò i giorni di ferie che non ho mai voluto prendere. Perché non li ho voluti prendere?"

"Sì, si potrebbe tentare" disse Barbara. Si addormentarono abbracciati.

8.

Il ministro arrivò alle undici con la solita scorta di dignitari e poliziotti. I preparativi per lustrare lo zoo erano finiti da meno di un'ora: il giardino era ringiovanito di cinquanta anni.

Come avrebbe detto il ministro, centomila visitatori erano arrivati da tutte le parti del paese in sole tre settimane. Un trionfo per qualsiasi giardino zoologico e per le casse comunali.

Marçio era tornato nella sua gabbia la sera precedente ma non aveva dormito un solo istante perché quella notte nello zoo si era lavorato senza interruzione.

La gabbia era stata completamente rinnovata, lucidata e curata come nessun'altra. Erano stati cambiati i vetri, l'acqua era limpida, il letto più grande e comodo, gli era stato dato un nuovo sacco per coprirsi e oltre il muro divisorio, dove nessuno poteva vedere, comparve anche una piccola bacinella.

Alle sei e mezzo del mattino con la prima debole luce Marçio seguì la corsa di un tappeto rosso che dall'entrata arrivò minaccioso fino alla sua gabbia.

Ai lati furono aggiunte con millimetrica precisione piante di plastica e vasi di fiori.

Appena il ministro comparve Marçio si innervosì. Si appiccicò con la faccia alle sbarre nell'angolo più esterno della gabbia. Roteando al massimo gli occhi riuscì a seguire qualche centinaio di strette di mano tra il ministro e il suo codazzo, i dirigenti dello zoo e molta altra gente.

Marçio cominciò a passeggiare nervosamente a quattro zampe lungo i due lati esterni. Appena si trovava di fronte il muro scuoteva la testa, girava su se stesso e tornava indietro. A metà percorso alzava lo sguardo e lanciava una profonda occhiata verso il gruppo che si avvicinava: ogni volta vedeva qualcuno che lo indicava. Sapeva fin troppo bene che si sarebbe trovato al centro dell'attenzione in una situazione che non era preparato ad affrontare.

Il corteo arrivò nella piazzetta dove era stato montato un palco di tre gradini. Vi salirono il ministro, il direttore dello zoo con il suo inseparabile vicedirettore e qualche vice di qualcosa o di qualcuno. Sotto a loro si schierò un gruppo di dipendenti dello zoo, visitatori e curiosi. La folla sarebbe cresciuta per tutto il giorno: per l'occasione l'entrata era gratuita.

Quando il ministro cominciò il suo breve discorso, Marçio si fermò. Si tirò su in modo da fare forza con le mani strette alle sbarre, socchiuse gli occhi e mise a fuoco la figura dell'uomo annebbiata dal sole alle sue spalle. Non gli interessavano le parole: erano scontate. Cominciò a fissare uno ad uno i volti di quelli che ritmicamente inchinavano la testa in segno di approvazione e tra un inchino e l'altro si voltavano per lanciargli occhiate curiose. Li deluse rimanendo immobile per alcuni minuti. Cercò di trattenere il respiro il più a lungo possibile e quando riprese fiato lo fece lentamente, a fatica. Solo le pupille scattavano in continuazione pronte a fissare ogni particolare di ciò che avveniva di fronte a lui. Poco dopo, quando il ministro applaudì se stesso, a Marçio scappò un inevitabile sorriso.

Poco dopo l'uomo lasciò microfono e applausi al direttore dello zoo non senza prima averlo lodato e innalzato a uomo di scienza. Era un uomo ridicolo e appena salì sul palco accanto al ministro molti non trattennero una risata. Il primo era elegante, basso e robusto il direttore era invece un tubo stretto senza collo e senza torace alto quasi due metri, con la testa a forma di bullone. Il ministro non aveva capelli tranne due ciuffi riportati che a metà della testa si sforzavano verso un orecchio. Il secondo aveva capelli in abbondanza, l'unica cosa normale in un corpo apparentemente malato. Lo faceva notare toccandoli e ungendoli ogni tre parole. Infine, mentre il ministro parlava con sicurezza, quasi con arroganza, con uno spiccato accento meridionale, il direttore aveva l'erre moscia.

Ogni tanto si incantava vittima della balbuzie e sibilava una zeta strozzata e umida di sputi. La parola zoo era un problema per lui ma soprattutto per quelli che sotto il palco venivano travolti da una valanga di saliva.

Anche le parole del direttore sarebbero state banali e Marçio non si preoccupò di ascoltarle. Ma al contrario del ministro la figura di quell'uomo irritava Marçio più di qualsiasi altra persona. E quando, dopo una delle tante pause per elemosinare consensi, il direttore lo indicò ridendo, Marçio si staccò dalle sbarre e voltò la schiena al palco. Non sentiva quei discorsi, ma ne aveva chiaro il senso: il direttore stava sicuramente lodando la comunità di cui si sentiva il padrone. E lui, Marçio, non poteva fare altro che evitare di guardarlo. Roteando il collo cercò le scimmie delle gabbie di fronte alla sua. Stavano tutte attente al discorso del direttore. I gorilla anche.

Quando anche il direttore terminò il suo condensato di frasi stupide e appiccicaticce, Marçio riprese a trascinarsi sulle ginocchia fermandosi ogni tanto per aggrapparsi alle sbarre e fare qualche smorfia.

Le autorità scesero dal palco e si aprirono un corridoio tra due ali di curiosi. Non si poteva vedere cosa c'era sotto il telo bianco ornato da una fascia tricolore. Ma si poteva intuire con una certa facilità. La nuova statua del fondatore dello zoo, ideata, voluta e sistemata dall'abile e disinteressato direttore, sovrastava tutti accanto alla gabbia della scimmietta che anni prima aveva organizzato la rivolta contro la prima statua.

Un registratore ricordò le note dell'inno nazionale e il ministro sudato, faticando a far entrare le dita negli anelli delle forbici, tagliò il nastro. La faccia del fondatore dello zoo si compiaceva di nuovo di ciò che onnipotente aveva creato, i baffi austeri si sollevarono e la bocca troppo regolare sputò nella piazzetta vecchi rospi mai dimenticati.

L'applauso secco e deciso dei presenti fu sovrastato da un rutto che squarciò l'aria e il cielo sereno. Poco a poco tutti si resero conto che proveniva dallo stomaco e dalla gola della scimmietta. Schiacciata sul tetto della gabbia lo fece rimbalzare sui presenti fino a scuoterli. Non tutti sapevano del vecchio episodio, né potevano capirne il significato; così ci fu una grande risata.

Marçio scattò in piedi e cominciò a spellarsi le mani. Non aveva mai udito niente di simile. Trovò nel tempismo dell'animale un'inequivocabile conferma dell'intelligenza delle scimmie. Continuò a battere le mani tanto violentemente da sanguinare. Il suo atto di solidarietà non fu notato perché tutti erano voltati verso la statua e verso la scimmietta. Con le lacrime agli occhi la invitavano a ripetere il suo canto. Ma la scimmietta non si fece trascinare in un'esibizione da avanspettacolo.

Il corteo fece dietrofront e, direttore, vicedirettore (che guardava il suo capo con aria sempre più invidiosa e ammirata) e ministro in testa, arrivò davanti alla gabbia di Marçio.

Questo si alzò e cominciò ad agitarsi respirando affannosamente. Con i pugni che già sanguinavano, picchiò contro i vetri della gabbia. Tutti arretrarono per paura che esplodessero. La crisi durò finché ebbe fiato. Crollò per terra con la lingua di fuori, si strappò i peli del petto e della faccia e gettò ciocche di capelli al di là delle sbarre. Colpì con forza con la testa contro uno spigolo. Una schiuma bianca gli colò dalla bocca, inondò il collo e si appiccicò ai peli come panna. Infine rovesciò sulla gente un barattolo di vernice pieno di urina.

Il ministro, portandosi accanto alla gabbia di Marçio, per smorzare la tensione improvvisò un breve discorso. Marçio, con la lingua ancora fuori dalla bocca e un raschio che gli tagliava la gola, lo fissava.

"Nel mio discorso introduttivo non ho parlato appositamente di Marçio proponendomi di farlo qui, davanti alla sua gabbia. Sono felice che lo zoo della nostra capitale sia l'unico al mondo a possedere un esemplare simile, unico sul nostro pianeta. Un animale che, quando vorrà collaborare, aprirà altre porte oltre quelle già spalancate nel palazzo della storia e della scienza". Applauso.

"È incredibile come questa bestia ci assomiglia. Vi invito ad amarlo e rispettarlo se non altro per il contributo che sta dando alle casse della nostra città. Pensate, continuando così l'interesse per Marçio, in tre o quattro anni avremo lo zoo più importante del mondo!"

E giù applausi a non finire. I suoi polpastrelli unti fendevano l'aria e indicavano Marçio.

Il ministro cercò di continuare il discorso ma non ci riuscì interrotto dagli applausi. Marçio era ancora sdraiato, bagnato di sudore, bava e sangue. Si trascinò fino alla vasca e vi infilò la testa. Si alzò in piedi e cominciò ad osservare la statua tenendosi stretto a due sbarre, cercando di infilarvi la testa. Gli animali, straniti, intonarono una particolare colonna sonora.

Marçio con le lacrime agli occhi decise di fare qualcosa. Prese i due copertoni e li scagliò con forza facendo esplodere il vetro. Poi si arrampicò fino a metà altezza e cominciò a menare pugni, testate e calci contro i resti della vetrata. Urlò come mai avrebbe potuto fino a pochi minuti prima; fece un rumore tale che si voltarono tutti tranne il vicedirettore che continuava ad invidiare e ammirare il suo capo.

Continuò a trovare energia chissà dove. Tenendosi aggrappato con una mano alle sbarre si puntellò con i piedi. Con l'altra mano si calò il sacco che lo ricopriva e cominciò a masturbarsi fissando il ministro e il direttore.

La folla partorì un sospiro e dopo pochi attimi la platea precipitò nel silenzio più profondo. Gli sguardi si incrociarono su Marçio che continuò a masturbarsi con maggior convinzione. Faticava a rimanere in quella posizione, ma era sicuro che nel sacco della disperazione avrebbe trovato l'energia per arrivare in fondo. Tutti si rendevano conto che non stava scherzando e che per lui era una cosa tremendamente seria.

La sua faccia contratta per lo sforzo faceva trapelare un'espressione di intenso piacere.

Non volava una mosca: centinaia di persone tacevano completamente ipnotizzate. Ognuno, con desideri e opinioni differenti, voleva vedere fino a dove sarebbe arrivato.

Nessuno pensò che stava sfogando una voglia arretrata; al contrario molti si chiesero i motivi che lo spingevano ad agire così.

Poco per volta la gente provocata e offesa si sentì a disagio. Qualcuno allontanava i bambini, altri rimanevano imbambolati sperando che quella scena finisse al più presto. Sudava e si lubrificò la mano con il sudore. Alcuni guardiani colpirono le sbarre con i bastoni. Comparve una scala.

Marçio si agitò di più. Allora nel silenzio generale ci fu una prima risata, poi una seconda, poi una terza, una quarta. Ridevano tutti. L'ultimo fu il ministro, ma cedette per non essere da meno e catturare qualche voto.

Come un grande attore Marçio teneva in pugno la platea con sicurezza indescrivibile. Sperò di trovare la forza necessaria per arrivare in fondo.

Così fu. Dopo qualche istante intensificò i movimenti contraendo i muscoli della faccia e delle gambe.

Godendo fissò decine di facce sotto di lui che ridevano ancora più sguaiate. Molti si erano seduti o inginocchiati.

Il frutto di quegli sforzi, volato al di là delle sbarre, era finito dove Marçio aveva sperato. Si rilassò e saltò giù; ricadde in punta di piedi a trenta centimetri dalle facce del ministro e del direttore che dall'altra parte dell'inferriata stavano asciugandosi.

Esplose l'unico applauso sincero della mattinata. Qualcuno si sentì imbarazzato. L'ovazione fu coperta da un nuovo rutto secco e potente che volò due o tre volte da una gabbia all'altra. La scimmietta anche questa volta non aveva sbagliato momento. La solidarietà verso Marçio rimbalzava tranquilla e indisturbata ed entrava nella gabbia.

Marçio fece un salto e si inchinò alla scimmia. Prese le funi appese al soffitto e le fece roteare mimando frustate verso il pubblico. Si infilò il sacco con naturalezza ed entrò nella parte più interna della gabbia dove nessuno poteva disturbarlo. Si sdraiò con la schiena appoggiata al letto per appurare quali fossero le sue condizioni dopo un'ora di lotta furibonda con se stesso: graffi, lividi, abrasioni bruciavano sotto i peli, era sporco dalla testa ai piedi. Puzzava. Sentì un forte bruciore, bagnò alcune foglie nella vasca e le strofinò leggermente sulla ferita. Rimase a quattro zampe a lungo, scrollando il capo e facendo attenzione ai rumori che giungevano dalla piazzetta. Qualcuno girò la maniglia e chiuse il passaggio. Non ci furono saluti, soltanto qualche gesto convenzionale e tutti andarono via con chiara negli occhi l'immagine di Marçio aggrappato alle sbarre.

Quando il ministro varcò il cancello dello zoo, il palco era già smontato, i microfoni riposti, e la guida rossa arrotolata. Salendo sulla berlina blu pensò non solo a Marçio ma anche come talvolta la vita di un politico può essere ingrata. Come quella di una qualsiasi altra persona.

9.

In una giornata buia con le nuvole che sfioravano l'asfalto, Manuel affrontava questa esperienza (una gita normalissima per chiunque altro) con l'insicurezza di chi sta andando a un esame. Nonostante si sforzasse di sembrare rilassato, sentiva celato dentro di sé l'abituale senso di sfiducia. Il virus lo seguiva.

Arrivarono nelle prime ore del pomeriggio. La luce fredda e arancione incorniciava i contorni delle cose in un incantevole paesaggio. Il luogo non era stato scelto a caso: un amico aveva prestato loro una baita che avevano ammirato decine di volte in fotografia. Una casa di montagna curata, di legno, ai margini di un piccolo bosco arrampicato sotto il lato in cui la montagna scendeva lentamente fino a valle. Intorno alla casa, fin giù dove arrivava lo sguardo, la terra era foderata da un prato lucido senza asperità. Morbidi sentieri si incrociavano come le linee di una mano. Dietro la casa il bosco terminava dove la montagna diventava roccia. Un'infinità di suoni e di canti uscivano assortiti dalla prima fila di alberi a cui la casa si poggiava. Nei momenti in cui i canti si interrompevano era possibile distinguere sottofondo lo scorrere intonato di un torrente. Lì vicino formava delle rapide sotto cui sarebbe stato possibile pescare. I rumori del bosco così orchestrati convinsero Manuel di un concerto organizzato in onore della loro tranquillità . Gli uccelli si divertivano a variare i toni sulla base musicale del torrente e delle rapide. Manuel pensò che le sale d'incisione non erano state inventate da nessuno e che qualche furbo le aveva copiate pari pari dalla natura. Era una straordinaria medicina che tramite l'aria secca e pungente penetrava ogni cellula. Sentì migliaia di gocce d'aria entrargli nel corpo e riempirlo di energie. Il virus stava programmando la fuga.

Anche Barbara, non abituata a spettacoli del genere, era felice di godersi il nuovo mondo.

Scaricarono dall'auto i bagagli e ricoprirono un tavolo di legno fuori dalla casa: carte di ogni tipo, napoletane e francesi, backgammon, giochi in scatola, domino, dadi normali e da poker, il Monopoli, battaglia navale, puzzles, libri, quaderni e vocabolari di esperanto, parole incrociate e riviste, vecchie cose da aggiustare e altre da buttare. Avevano deciso di passare così quei giorni.

Manuel passò cinque giorni meravigliosi, sufficienti per recuperare almeno in parte ciò che aveva perduto. La mattina pescava sotto le rapide e Barbara lo raggiungeva portandosi dietro qualcosa da leggere o da scrivere. Se ne stava alcune ore in piedi in mezzo al torrente dialogando con gli stivali e le canne. Manuel pensò alle cose sue e degli altri. Gli sembrò impossibile che fosse la sua vita, la stessa di qualche giorno prima. Inseguiva intontito i suoi pensieri tuffarsi nella schiuma del torrente. Appena raggiungevano l'acqua scomparivano per un attimo; tornando su galleggiavano sollevati dalla corrente. Spesso trascurava la pesca per seguirli verso valle.

Trecento metri più sotto il torrente si nascondeva nel bosco con un largo anello.

Manuel poco alla volta si scordò dell'esperanto.

Una sera pensò perfino di essere guarito.

Il sole era scomparso dietro la montagna dimenticando sul prato l'ultimo riflesso rosa della giornata. Aveva tagliato la legna e costruito una griglia di pietre e rami davanti alla casa. Appena arrivò la notte cominciarono a mangiare accanto al fuoco. Gli uccelli col buio cambiavano sinfonia.

"Questa sera mi hanno raddoppiato la razione di ossigeno nelle cellule – disse Manuel – mi sento gonfio di aria fresca. Devo tapparmi i buchi, le orecchie, il naso, la bocca e il resto perché tra poco scoppio!".

Prese un bastone e rivoltò la brace. Lapilli e lucciole pizzicavano una luce magnetica. Il fumo profumava di resina, sfiorava la pelle e scompariva dietro i rami più bassi. Quando Manuel cominciava a fantasticare Barbara lo adorava. Gli tenne il gioco parlando come lui.

"Fai entrare tutta l'aria che puoi, non frenarti. Ti metti vicino al fuoco, riscaldi l'aria dentro di te, ti gonfi e cominci ad alzarti come una mongolfiera. Io mi aggrappo a te e mi porti sulla luna. Salteremo sulle stelle in mezzo ai rami!"

"Vuoi farmi morire di fatica! – rispose Manuel – Sai quanti anni luce ci sono dalla luna a quelle stelle?".

Erano secoli che non lasciavano correre le parole davanti ai pensieri. Le infilò una mano tra i capelli e li strinse con dolcezza.

"Non dire sciocchezze – disse Barbara recitando – guarda, sarà meno di due passi!".

Si spostò sotto la luna e fece due passi.

"Lo vedi che è molto di più? Sei ancora sotto il ramo" rispose Manuel. Prese dal fuoco un pesce appena cotto e chiudendo un occhio lo puntò verso il cielo.

"Lo vedi? Non sono due passi. È molto di più, due passi un pesce! E lassù dove lo prendiamo un pesce per compiere il grande salto? Dai, ingorda, accontentati della luna. Non credo che stasera ci sarà confusione. In ogni caso ho prenotato un tavolo."

Fantasticarono ancora a lungo decifrando gli enigmi e i sogni che riflettevano le stelle nel cielo azzurro dorato. Scelsero la stella su cui avrebbero voluto vivere, si confidarono con chi, quali cose si sarebbero portati dietro. Finita la cena si spinsero fino al margine del bosco affacciandosi alle sponde del torrente. Tornarono indietro senza parlare, accettando nel silenzio l'espressione più alta e irraggiungibile di felicità. Si scambiarono frasi di parole mute e idee altrettanto silenziose. La luna li spiava e non riuscirono a nasconderla nemmeno rifugiandosi sotto gli alberi. Le macchie colorate come gote avvinazzate davano a quel viso soddisfatto un'aria vecchia e divertita.

"Non voglio mangiare sulla luna, la tovaglia è troppo sporca con tutte quelle macchie nere, che si tengano il tavolo!" riprese a dire dopo un'ora Manuel come se non avessero mai abbandonato quel discorso. Barbara non rispose. Continuarono a camminare ripetendo lo stesso giro e pensando le stesse cose. La luna lentamente si allontanò, trascurandoli, dietro le stelle.

"Non esiste nulla come la luce della luna. Questo pulviscolo argentato avvolge le cose e sembra sollevarle" disse Manuel stringendo una foglia e bagnandosi le dita.

"Che umidità" disse Barbara premendosi la nuca.

"Il sole ti colpisce, ti separa dalle cose; la luna ti avvicina, è complice" continuò Manuel.

"Amore, riscendiamo sulla terra che è più calda."

Manuel le cinse i fianchi da dietro, stringendola si strofinò alla sua schiena, la baciò sul collo. Ritornarono accanto alla brace e lasciarono morire il fuoco insieme alla notte. Rientrarono in casa molto tardi. Non accesero nemmeno la luce.

Quella notte finché non arrivò il sole a disturbarli, sulla luna ci volarono davvero.

10.

Dopo quanto era successo una giornata di calma conveniva a tutti: al personale dello zoo che aveva così modo di rilassarsi dopo l'atroce comizio, e a Marçio per dimostrare che aveva capito la lezione e che era rientrato nei ranghi. L'accresciuta popolarità che aveva acquisito tra gli animali lo riempiva di orgoglio e Marçio con lo sguardo perso nel vuoto se ne vantò per ore.

Quel pomeriggio un vento caldo e appiccicoso entrò nella gabbia invitando al riposo. La sua mente proiettò un film incomprensibile. Si trovava in un ufficio pieno di parole e sportelli. La puzza di fumo si tagliava con il coltello. Marçio era incolonnato in una fila che procedeva più lentamente della rotazione terrestre. Probabilmente si trovava lì già da qualche giorno. Davanti a lui da una giacca di flanella a quadri evaporavano nuvole di naftalina. Bestemmiò più volte insieme ad un signore vecchissimo perché la fila, più passavano le ore, più sembrava allungarsi. Passarono altre ore, altri giorni, altri secondi nel sogno. Temeva di non arrivare allo sportello per l'ora di chiusura. Dopo avrebbe dovuto aspettare per tutto il week-end. Di colpo quelli davanti a lui si fecero da parte.

"Ha i minuti contati, deve tornare in gabbia" disse uno cercando di moderare la voce ma non riuscendoci affatto.

"Allora è davvero Marçio, quello dello zoo. Come lo hanno truccato e perché gli hanno permesso di venire qua? Lo avranno lavato?" domandò un uomo che al passaggio di Marçio si era rapidamente spostato.

"Tra poco gli daremo anche un televisore alle bestie dello zoo."

Marçio era fuori di sé, ma faceva finta di nulla. Arrivato allo sportello non vide nessuno. Poco dopo si presentò un uomo con in mano un mucchio di scartoffie impolverate. Aspettò qualche istante, poi si rivolse verso Marçio.

"Cosa desiderate?" chiese l'uomo con un filo di voce cortese. Il vecchio era circondato da un'intensa aria di solitudine incorniciata da rughe profonde. I suoi movimenti lenti, esasperatamente lenti, rassegnati, lo portavano in tempi lontani. Il viso filtrato attraverso il fumo e il grasso del vetro era sfocato. Si vergognava di qualcosa e cercava di rivolgersi al pubblico il meno possibile. Aveva un'aria stanca, il suo modo di muoversi e di parlare suggeriva noia e fragilità. Lineamenti irregolari sporgevano da una barba grigio-sporco che arrivava sotto gli occhi arrampicandosi su occhiaie scolpite: due fessure senza cattiveria, opache, addolcite come il vino dal tempo, fissavano il pavimento. I capelli intonati alla barba erano ugualmente incolti, portati scompostamente in avanti. Sulla giacca dello stesso colore della barba e dei capelli, strappata sotto una manica e sgualcita, con il bavero mezzo alzato, era seminata una cascata di forfora.

"Cosa desiderate signore?" ripeté cercando di non alzare la testa.

"Devo registrare la nascita di mio figlio, signore, del mio primo figlio!"

L'uomo con la giacca di flanella dal mezzo della fila lanciò un urlo disumano e se ne andò.

"Mi dia i documenti, per favore, – disse il vecchio – Se non li ha deve fare domanda a quello sportello laggiù".

"Li ho, li ho."

"Allora me li dia."

Il vecchio infilò una mano sotto il vetro e fu costretto ad alzare lo sguardo.

"Doktoro Esperanto!" gridò Marçio impallidendo.

"Doktoro Esperanto, doktoro Esperanto. Dottor Zamenhof!" continuò a gridare.

I presenti si voltarono con aria indignata. Non avevano avuto le stesse reazioni pochi attimi prima verso le bestemmie della giacca scozzese di flanella e naftalina. Marçio non ci fece caso. Con il tono più basso ma più deciso, ripeté:

"Doktoro Zamenhof, Doktoro Zamenhof, vi prego, vi ho riconosciuto, rispondetemi. Cosa ci fate qui? Siete davvero voi? Doktoro Zamenhof, rispondete, vi scongiuro!" Si inginocchiò "Se vi fa impressione parlarmi, se credete che non meriti di essere guardato per la mia orribile figura, fatemi un cenno senza alzare lo sguardo, solo un cenno, per favore".

Zamenhof posò le carte che aveva in mano e dal tavolo si alzò una nuvola di polvere. Fece cenno col capo. Era stato riconosciuto, era proprio il dottor Zamenhof, il padre dell'esperanto. A Marçio in quel momento non interessava altro, stava godendosi il suo sogno al di fuori della gabbia. Sperava con tutte le forze che il professore non si fosse limitato a quel cenno. Il vecchio cominciò a parlare sottovoce e molto lentamente:

"Devi essere Marçio quello dello zoo. Alzati, hai raggiunto una certa fama anche dietro questi sportelli. Che strano vederti qui. Parli la mia lingua. Bene è l'unica in cui posso parlare."

"Se non ti disturba dimmi cosa stai facendo là dietro. Ti immaginavo tra i grandi; invece ti trovo per caso in questo ufficio puzzolente."

Marçio dal momento in cui era stato riconosciuto dal vecchio professore si era sentito più sicuro. Si puntellò alla mensola e appoggiò la fronte al vetro. Agli occhi di Zamenhof anche lui era un personaggio. Questo lo autorizzava a cambiare atteggiamento, a trattare con lui da pari a pari, dargli del tu; dopo tanto tempo sentiva la possibilità di aiutare qualcuno. Il vecchio faceva pena: era solo e trascurato, abbandonato persino dal tempo. Zamenhof continuò a parlare:

"Come molti ho vissuto coltivando un oceano di illusioni. La realtà, per quello che riguarda i grandi uomini, è sempre molto diversa da come si immagina. Non so se riesci a capirmi."

"No – rispose Marçio concentratissimo sulle prossime parole – non capisco".

"Voglio dire... insomma... – balbettò il professore – niente a che vedere con l'inferno o il paradiso o diavolerie del genere. Stupidaggini, è tutto più semplice. Non ti dice nulla il fatto che vivo dietro questo sportello, costretto a registrare le nascite, a riempire fogli bianchi, a stracciare quelli ingialliti di chi muore? Immagini qualcosa di più inutile e noioso?".

"È un lavoro come un altro" disse Marçio incoraggiandolo.

"Davvero? E che importanza ha? Chi nasce ha bisogno di un timbro o di uno scarabocchio per legittimare il fatto che vive? Che bestialità. Condannato a vivere nella polvere dei certificati. Già, spesso alla polvere non si dà l'importanza che merita. Questo davvero non lo puoi capire. Ma ti abitui alla polvere, anzi alla fine ti piace. La trovi ovunque, più pulisco gli scaffali, più si riempiono di polvere, ti si attacca addosso e non la levi più. Ti entra nel naso, la senti sui denti. E allora poco alla volta cominci a gustarne il sapore. Alla fine ti piace e la mangi tutti i giorni, non ne puoi fare a meno."

Il professore strofinò la mano sulla mensola e raccolse un grosso batuffolo di polvere nera. Con disinvoltura lo mise in bocca e cominciò a succhiarlo.

"L'esperanto, Doktoro Zamenhof, l'esperanto!"

"Sì, l'esperanto, Marçio, l'esperanto!"

Il vecchio schiacciò il palmo contro il vetro per avere un contatto fisico con Marçio e inghiottì la polvere. Le sue impronte svanirono in un attimo.

"Anch'io ho provato qualcosa di simile – rispose Marçio –- anch'io allo zoo…"

Non finì la frase perché Zamenhof scomparve dietro una montagna di scaffali che, in fondo alla stanza, arrivava fino al cielo. Marçio spinse a fatica la testa dentro lo spazio a semicerchio del vetro. Il professore si allontanò decine di anni luce. In fondo a quella che non era più una stanza, ma uno sconfinato prato di carta, era appoggiata una cascata da cui venivano giù migliaia e migliaia di fogli, alcuni bianchissimi e altri gialli, vecchi, strappati. Il professore, trasformato in un minuscolo puntino grigio, ci si infilò sotto e sembrò godere di una doccia tiepida e rilassante.

Di fronte a Marçio comparve un uomo più giovane con grossi baffi e la fronte spaziosa. Non sembrava particolarmente intelligente.

"Desiderate?" chiese spingendogli con forza la testa al di là del vetro.

"Devo registrare la nascita di mio figlio, del mio primo figlio, – rispose Marçio intimidito – tenga i documenti".

L'uomo grattandosi e spargendo decine di nei sulla fronte impugnò le carte e lo scrutò con distacco.

"Non è possibile" disse riconsegnandogliele. Il tono era quello di una sentenza senza appello.

"Ma come non è possibile!"

"Non è possibile" ribadì l'uomo senza dare spiegazioni.

In punta di piedi Marçio si affacciò al vetro. Non vide nulla, né Zamenhof, né il prato di carta, né la cascata, ma solo una parete senza intonaco su cui pendeva una croce storta e il ritratto di un uomo in divisa.

"Vi imploro – disse inchinandosi e congiungendo le mani – spiegatemi almeno il perché!"

"Non è possibile" ripeté l'uomo facendo cenno a chi stava dietro di farsi avanti. Allora Marçio abbandonò sul ripiano i documenti e scappò via piangendo. Le lacrime gli uscivano dal naso, dagli occhi, dalle orecchie.

"Ha i minuti contati deve tornare in gabbia" esclamò un uomo cercando di moderare la voce ma non riuscendovi.

"Ah, allora è davvero Marçio, quello dello zoo, ma come lo hanno truccato e perché gli hanno permesso di…" sentenziò un altro.

Il sogno ricominciava. Marçio cercò di interromperlo come aveva già fatto decine di volte con i suoi incubi. Fu aiutato da una secchiata d'acqua gelata che lo colpì in piena faccia e gli annunciò la cena. Si era risvegliato sudato e provò un certo piacere.

"Anche Zamenhof stava facendo la doccia" pensò. Ma non ricordava chi fosse questo Zamenhof, né poteva saperlo; lo collegava soltanto alla faccia sbiadita di un vecchio. Se ne scordò immediatamente. Si scrollò l'acqua dal corpo rimanendo a quattro zampe e si affacciò alle sbarre. I gorilla di fronte a lui stavano già cenando.

11.

Il settimo giorno Manuel non si riposò. All'alba mentre Barbara ancora dormiva, sistemò alla meno peggio il caos provocato da quell'orgia di pigrizia. Stava canticchiando quando Barbara lo chiamò dalla finestra della camera da letto.

"Manuel!, Sono le dieci e mezza. Sveglia! Cinque minuti e sono pronta! Andiamo in paese?"

"Volevo pescare."

"No, facciamo una passeggiata. Scendo tra un attimo!" Manuel sorrise. Sistemò i pezzi del Monopoli dentro la scatola, raccolse da terra un mucchio di carte seminate sul prato e qualche margherita. Già pensava al ritorno, questione di un paio di giorni. Barbara scese dopo mezz'ora.

Arrivarono in paese stanchi morti mentre il cielo andava rannuvolandosi.

In uno spaccio ordinarono un'abbondante colazione. Manuel fece due partite a carte con un gruppo di vecchietti, poi curiosarono tra i vicoli fermandosi davanti ad alcuni uomini che lavoravano in piazza per costruire un campanile.

"Quello vecchio è caduto l'anno scorso sotto il peso della neve e degli anni" disse uno sudato mentre si vuotava in testa il fondo di una bottiglia di acqua minerale.

"E non vi aiuta nessuno?" domandò Barbara.

"No grazie, ci aiutiamo da soli! Abbiamo chiesto all'amministrazione in città se potevano concederci una squadra di tecnici per quantificare i danni, poi loro avrebbero fatto domanda al comune e il comune alla regione... e la regione poi... Insomma il campanile lo abbiamo sempre avuto e ce lo rifacciamo da soli. Abbiamo buttato giù quello che rimaneva del vecchio e lo stiamo ricostruendo più alto. Quando otterremo il finanziamento questo sarà già caduto e noi avremo guadagnato un campanile."

"Complimenti!" disse Barbara stringendo un pugno in segno di incoraggiamento.

"Vi serve aiuto?" domandò Manuel allo stesso uomo che ora riempiva una carriola con le pietre del vecchio campanile.

"No grazie."

"No davvero? – disse Barbara – Cosa possiamo fare?".

"Se proprio volete, potete portare la carriola giù al cimitero e vuotarla fuori dall'ingresso."

Si incamminarono per una strada sterrata che usciva dal paese dalla parte opposta a quella da cui erano arrivati. All'esterno di un microscopico cimitero in bilico su un terrapieno quadrato lavoravano alcuni uomini. Scaricarono i sassi. Barbara indicò a Manuel le pietre accatastate l'una sull'altra a formare il muro di cinta di quel fazzoletto di terra. Erano uguali a quelle che avevano trasportato fino a lì. Tornarono in paese per riconsegnare la carriola. Il sole faceva capolino dietro al campanile infilzandolo di traverso con raggi morbidi.

"Siamo abituati a non buttare nulla di quello che può avere un valore comune. Ogni domenica mattina da quattro mesi gli uomini del paese si riuniscono all'alba e cominciano a lavorare chi qua, chi al cimitero, fino a sera. Fra tre mesi, prima dell'arrivo della neve, avremo finito."

A quelle parole Manuel ritrovò in gola il bruciore amaro delle sue crisi. Si morse due o tre volte le labbra.

"Ma lavorate anche di domenica?"

"Il parroco ci ha concesso la dispensa per non assentarci dal lavoro la domenica. Possiamo non assistere alla messa."

Barbara e Manuel, mentre l'uomo riempiva nuovamente la carriola, si guardarono stupefatti. Manuel levò il fango dagli stivali sbattendoli contro le pietre.

"Barbara, questi se ne fregano della domenica. Altro che timbrare un cartellino in entrata e in uscita, altro che le ferie sistemate in modo da farle triplicare. Altro che scuse e ricette false."

Barbara si preoccupò per l'impeto e la rabbia di Manuel.

"Facciamo quel sentiero per tornare – disse Manuel indicando una strada sterrata – non ci siamo mai passati".

"Perché vuoi passare proprio lì?"

"Credo che incontreremo quello che ha detto che il lavoro nobilita l'uomo. Abita sicuramente da queste parti."

"Devi sempre esagerare. Non ricominciare" disse Barbara.

"No, no – rispose serissimo Manuel prendendo a calci i sassi sul selciato – dico davvero, devo chiedergli scusa".

Barbara scorgendo lo chalet pensò che stava per finire un sogno meraviglioso. Alzò gli occhi al cielo. La luna della sera prima, che ancora non c'era, glielo confermò.

Il giorno prima della partenza lo trascorsero con la mente rivolta a quello che avrebbero ritrovato in città. Manuel per quanto possibile cercò di tenere la testa sgombra da cattivi pensieri. Nelle prime ore del pomeriggio decise di andare a pescare per l'ultima volta. Lasciò Barbara che riposava sul divano con il solito libro sulla faccia. Con canna e stivaloni, insieme al cattivo tempo, si incamminò verso le rapide aggirando il bosco sotto la montagna. Continuava a soffiare un vento scurissimo e il cielo era incappucciato da nuvole basse e pesanti. Erano sempre le stesse, con gli stessi disegni, gli stessi spigoli e sempre alla stessa altezza. Scendendo dalla cima del monte entravano nel falsopiano dove si trovava la casa. Come bestie spinte in un recinto non trovavano l'abilità per riuscirvene e venivano respinte dal bosco. Una in particolare aveva colpito per giorni la fantasia di Manuel. Ogni giorno si fermava tra il primo e il secondo piano della casa impedendo di vedere il tetto. Affilata come un rasoio, più densa delle altre, quasi solida, sezionava la casa in due parti uguali. La nuvola lo seguì fino alle rapide. Pescando continuò a pensare a quei giorni. Il tempo triste, provocatorio, il vento che aggiungeva strumenti a fiato alle musiche del bosco, non gli dispiacevano. Manuel si era appena voltato per infilzare la nuvola con la canna, quando un ramo che avrebbe voluto farsi chiamare tronco, lo investì in pieno. Venne giù dalle rapide insieme ad altri più piccoli.

Il sangue gli inondò il viso. Non ebbe nemmeno il tempo di urlare. L'acqua trasportandolo per qualche metro gli ripulì il volto, sciacquò le ciglia e i capelli. Dopo averlo rinfrescato lo abbandonò al centro del torrente incastrato tra due rocce; dal corpo emanavano fumi caldi di vita. Contrariamente a quanto l'anima di Manuel voleva, il naso e la bocca continuarono a respirare a pelo d'acqua. L'aria del bosco continuò a essergli amica. Anche il ramo lo aiutò: inclinato tra le due rocce gli impedì di andarsene. Gli uccelli tra le nuvole cantarono ancora per qualche minuto. Barbara continuò a dormire col suo libro per un'ora. Scoprì Manuel in mezzo all'acqua, riverso sui sassi, più immobile di questi, col viso rivolto all'altra sponda. Alcuni uccelli risposero alle sue grida. Scappò. Ritornò dopo qualche secondo respinta dal buio del bosco.

Inginocchiata nell'acqua gelata non riuscì a spostargli nemmeno un braccio. Urlò di nuovo chiedendo aiuto. Gli sollevò il capo; il naso e la bocca restituirono acqua al torrente. Respirava. In tutti quei minuti non si era chiesta se ci fosse stata qualche speranza. Si sentì colpevole. Era quasi notte. Solo le cime degli abeti erano ancora cariche di luce. Un segmento illuminò il volto di Manuel. L'acqua che saltava dalla cascata divenne improvvisamente scura e pesante come le nuvole.

Barbara ritornò con un gruppo di persone che l'avevano vista arrivare in paese stravolta: illuminandogli il volto con le torce le fecero segno che era ancora vivo. Un dottore gli tastò il polso, gli fece uscire litri di acqua dallo stomaco, gli massaggiò il torace. Il cuore rispose lentamente. Lo trasportarono in un piccolo ospedale a valle con una jeep.

Il giorno dopo fu trasferito in condizioni disperate, in elicottero, nell'ospedale più importante del paese. Non riprese conoscenza, lo operarono tre volte. Il quinto giorno tornò dalla sala operatoria senza che nulla fosse cambiato: né per lui, né per Barbara che assorbiva il suo silenzio e lo trasformava in dolore.

La mattina seguente dopo l'arrivo di tre importanti professori della sua città, gli strumenti che lo tenevano in vita cominciarono ad annoiarsi. Sui monitor le linee inventarono le più strane fantasie. I medici decisero che non c'era altro da fare che operarlo di nuovo per asportargli dal cervello due grossi ematomi che lo stavano uccidendo.

12.

Nella testa di Manuel il possibile aveva un limite. I medici stanchi e impolverati dopo sette ore suonarono la ritirata.

E Manuel dov'era? Non si trovava più su quel tavolo dentro la testa aperta nella quale avevano curiosato occhi e strumenti. Era andato via, sarebbe ritornato se la situazione fosse migliorata. In quei giorni non sprecò il suo tempo.

Girò, anzi girovagò, per il mondo che aveva conosciuto. L'altro gli faceva paura, né gli interessava.

"C'è sempre tempo" pensò migliaia di volte nel suo impalpabile pellegrinaggio.

Disteso su un'onda magnetica sorvolò ricordi scomparsi, chiari e nitidi come se per tutta la vita li avesse spolverati, catalogati. Faceva fatica a riconoscersi in un bambino al primo giorno di scuola oppure sulle giostre o allo zoo, agli esami e di fronte alle prime scoperte. Come inventare le bugie, come evitarle, come fantasticare e poi il sesso con l'amore e senza, il militare, il lavoro, le gioie, la laurea, le colpe, l'egoismo, l'altruismo, la bontà e il nero, il grigio, la ricchezza e la povertà, il facile e il difficile. Un'infinità di cose e i loro contrari. La vita era a portata di mano e poteva toccarla senza possederla. Capì quanto fosse stato limitato il suo cervello e come col passare degli anni fosse diventato fragile. Lo aveva aiutato però a dimenticare i momenti difficili e a ricordare quelli piacevoli.

Finì il viaggio planando sull'ufficio, i compagni di lavoro, Barbara, lo chalet, una telefonata per prenotare un tavolo sulla luna. Sorvolò i pesci del torrente e un mezzo campanile, si tuffò in una nuvola bassissima e tagliente. Si sentiva completamente sdoppiato, ipnotizzato da migliaia di cose che avevano solamente una vaga sistemazione temporale, mischiate in ordine sparso. Allontanò lo sguardo dal fondo del torrente e ignorò il tronco assassino. Quel pezzo di legno non aveva nessun diritto di entrare a far parte delle cose buone o cattive, piacevoli o spiacevoli della sua vita, era al di sopra delle parti, giudice sovrano.

Scoprì all'improvviso un segreto: per capire qualcosa della vita è necessario concentrarsi a una velocità diversa da quella con cui gira la terra, più piano o più veloce.

Manuel quindi non era nella sua testa quando i medici decisero di tentare anche l'impossibile. Uno dei professori, il più vecchio e autorevole, si allontanò dal tavolo. Asciugandosi le tempie con i polsi si avvicinò a un contenitore di plastica trasparente. La sua voce e la sua mole catturarono l'attenzione di tutti:

"Cari amici – disse aprendo il contenitore ed estraendone una fiala di vetro – è inutile, non c'è nulla da fare. Ci sarebbe un ultimo tentativo ma vorrei che fossimo tutti d'accordo. Non voglio, non devo, non posso prendere una decisione del genere da solo".

"Cosa altro rimane da fare?" chiese un medico chinandosi su un monitor.

"Ascoltatemi: in questa fiala c'è qualcosa che può aiutarci."

La fiala di vetro protesa nell'aria incuriosì tutti. Le parole del vecchio professore erano calibrate in modo misterioso.

"Qui c'è un preparato sintetizzato in laboratorio con l'equipe, lo sapete, con la quale sto da anni studiando i tumori del cervello. Ebbene, abbiamo scoperto qualcosa di molto interessante su cui stiamo lavorando da mesi distogliendoci dai nostri obiettivi iniziali. Questa fiala, scusate la mia sicurezza, potrebbe contenere l'impossibile per salvare quest'uomo. O almeno per non farlo morire", rigirò il contenitore tra le dita.

Tra la fiala e la luce al neon si formò un arcobaleno di colori innaturali.

Se il professore avesse avuto la possibilità di conoscere Manuel sarebbe stato soddisfatto della frase appena pronunciata. Per molti vivere o sopravvivere sarebbe stato uguale, non per Manuel e il suo modo di intendere la vita.

Manuel ebbe paura di qualche diavoleria alla quale non avrebbe potuto reagire.

Se si fosse rialzato da quel tavolaccio senza poter più pensare, vedere o muoversi? Sarebbe stato meglio andarsene piuttosto che rischiare. Se andare via era più o meno stare come si trovava in quel momento, la cosa non era poi così scomoda. E se invece fosse stato tutto più atroce? Se avesse dovuto soffrire? Nei dubbi era abituato a viverci, tanto valeva aspettare.

Il professore spiegò che quella sostanza aveva dimostrato di essere valida nel congelare, detto semplicemente, le cellule del cervello. Dava la possibilità a chi era nelle condizioni di Manuel, di portare il tempo dalla propria parte. Senza un accenno alla composizione del liquido, né a come era stato ottenuto, volle insistere sul fatto che poche gocce di quell'olio scuro avrebbero salvaguardato i tessuti cerebrali di Manuel.

Il suo cervello aveva sete. Avrebbe voluto correre a vedere il comportamento di quelli che, da giorni nel deserto, impazziscono di fronte ad una pozza sporca e puzzolente. Ma non aveva tempo, non poteva abbandonare il suo corpo a lungo. Così rimase incerto se rientrare o no nella propria testa.

Il professore terminò sottovoce.

"Sui topi ha dato ottimi risultati, sui maiali anche. Con le scimmie siamo all'inizio della sperimentazione. Ma su un uomo... – tossì – ... non so neanche che dosaggio usare. Forse, ora come ora, nemmeno ci concederebbero l'autorizzazione". Tossì di nuovo.

La pozza cominciò a infondere sospetti alla sete di Manuel.

"Credo sia una valida occasione per dare un nuovo contributo alla scienza medica oltre che una possibilità concreta per salvare una vita umana" ribadì il professore.

"Bisognerebbe ottenere l'autorizzazione almeno della moglie" affermò uno dei medici.

"Non possiamo né perdere tempo, né tantomeno divulgare certe cose. Per il momento sono e devono restare segrete. Insomma signori, ditemi sì o no" concluse il professore riprendendo in mano il contenitore e facendo credere di non essere interessato alla decisione.

Tutti si guardarono interrogandosi, rimpiangendo di trovarsi lì. Non era il caso di rischiare delle carriere affermate per salvare un poverissimo cristo. Ma al primo cenno di approvazione di un assistente, sotto gli sguardi compiaciuti del vecchio, seguirono gli altri sì.

Usarono il laser e altri complicatissimi strumenti. In un'ora prepararono di nuovo la testa di Manuel. L'unico che, in una malcelata eccitazione, riusciva a rimanere tranquillo, era il professore.

Manuel durante i preparativi continuò a chiedersi che decisione fosse meglio prendere. Fu più volte sul punto di andarsene. Ma appena vide il professore che, dopo aver aperto la fiala, stava bagnando col liquido alcuni aghi fissati a un braccio meccanico sospeso sopra di lui, fu preso dal panico. Il braccio si piegò lentamente verso la parte più interna della testa. La decisione che non aveva preso in qualche giorno, la prese in pochi attimi. Decise di lanciarsi dalla finestra soltanto quando sentì il calore delle fiamme bruciargli i vestiti.

Quando gli aghi furono a tre, quattro centimetri dal cervello, il respiro dei medici divenne nervoso. Ci sarebbe stato tempo per andarsene. Ormai sapeva come si doveva fare e da dove si doveva passare. Si aggrappò disperatamente alla propria testa mentre gli aghi si avvicinavano guadagnando millimetri, ostacolandogli i movimenti. Si allungò tra la sua testa e il braccio meccanico. I piedi incespicarono tra le sopracciglia. Sentì un'intensa scarica indolore spargersi dalla nuca in tutto il corpo. Gli aghi penetrarono senza difficoltà nella materia molle e si allungarono fino alle gambe e alle braccia. Brividi caldi e freddi alternati si sparsero lungo la spina dorsale riscaldandogli il midollo. Gli sembrò d'impazzire. Una parte di se stesso non aveva fatto in tempo ad infilarsi di nuovo nella testa. Nitida e drammatica la sua immagine pendeva aggrappata a una parete di roccia alta e levigata che aveva la forma della sua fronte. Era proprio la sua testa di marmo, gigantesca e aperta, dentro la quale non riusciva ad entrare. Mentre stava compiendo l'ultimo sforzo rimanendo in bilico sul bordo, puntellato con i piedi a una ruga, il braccio meccanico gli aveva sbarrato la via.

Manuel appeso alla testa, attorcigliandosi i capelli intorno ai polsi, guardò di sotto. Un senso di rinuncia e di impossibilità gli spaccava il corpo in due più atrocemente di una sega elettrica.

Con un ultimo sforzo si appese al braccio meccanico e si lasciò precipitare.

L'operazione terminò quando i medici sospirando (in verità qualcuno fu contento) accertarono che le macchine collegate con Manuel non davano più segno di vita. Manuel aveva deciso di non collaborare più.

Il professore si sentì ugualmente soddisfatto. Avvolse la fiala in un fazzoletto e la ripose nella valigetta. Guardò Manuel e fece un cenno agli assistenti.

Lo ricomposero con cura cercando di dargli un'aria beata. Fu difficile perché non stava pensando cose allegre. Era fastidioso sentire addosso quelle mani che lo costringevano a essere come non si sentiva tirandogli la pelle e le labbra da tutte le parti.

Dopo qualche minuto i medici uscirono dalla sala. Da quando aveva avuto l'incidente era la prima volta che rimaneva solo. Finalmente aveva la possibilità di rilassarsi e di concentrarsi sul dubbio che lo assillava. Tutto ciò accadeva mentre sprofondava in un sonno sempre più avvolgente che gli scioglieva i muscoli. Almeno apparentemente il suo corpo c'era tutto. Dimenticò in un attimo le terribili sensazioni di qualche minuto prima.

Barbara fu avvisata poco dopo e apprese la notizia come un dono finalmente concesso a lei e a suo marito. Non pianse, non si disperò, non ascoltò nemmeno le parole del professore che la consolava. Sorrise al pensiero che suo marito in quei giorni non aveva avuto la possibilità di vedere, di conoscere tutta quella gente. Nessuno naturalmente le disse che tentare disperatamente tutto il possibile significava anche aver usato quel liquido.

Andò a trovarlo per l'ultima volta quando ancora doveva essere portato via dalla sala operatoria. Manuel era addormentato ma poté vederla. Sentì le mascelle rilassarsi e riuscì, senza sforzo, a mantenere l'espressione beata in cui l'avevano costretto a posare. La salutò convinto che prima o poi si sarebbero rivisti. Dominò la situazione come avrebbe dominato quelle future. Ormai era esperto in quel genere di cose. Gli sembrava di trovarsi in quella posizione da decenni. Vedere Barbara in quelle condizioni gli dispiaceva, ma faceva parte delle regole del gioco di cui ora aveva appena cominciato ad apprendere i meccanismi. Nonostante le macchine tacessero, nonostante la disperazione di Barbara e il ramo, gli aghi e la faccia eccitata del professore, era in grado di pensare, vedere, giudicare. Vagava in uno stato di vita apparente che per forza di cose doveva portare in una condizione migliore.

Barbara uscì dalla sala per non versare la prima lacrima davanti a lui. Manuel pensò all'ufficio tenendosi ancorato a quanto ancora di terreno si trovava nella sua testa, compresa la faccia seria e rugosa del professore che da cinque minuti gli passeggiava di nuovo davanti con le braccia incrociate dietro la schiena.

Manuel si concentrò per dormire ancora più profondamente, illudendosi di plasmare i suoi muscoli nella posizione più comoda per riposare a lungo. Il professore uscì e socchiuse la porta. Lanciò un nuovo profondo sguardo interrogativo verso il corpo di Manuel. Chiuse la porta, la riaprì e lo guardò di nuovo.

"Rimanendo in questa posizione in eterno dovrò cominciare a riconoscere le persone dal mento" pensò Manuel fissando la fossetta che aveva il professore. Poi rimase solo. In un attimo passò in rassegna i menti che aveva conosciuto in vita sua. Li classificò come belli e brutti, banali e particolari, lisci e pelosi, tondi e aguzzi, menti e non menti. Infine sperò di ricordarsi quell'utile classificazione al suo risveglio.

Sprofondò nel sonno e così come aveva fatto per quasi quarant'anni, attese con tranquillità quello che, pensava, si era meritato di avere.

13.

Marçio rimase tranquillo ancora molti giorni. Questo convinse i dirigenti dello zoo a un atteggiamento più disponibile.

Una mattina mentre Marçio pensava ai fatti suoi, o probabilmente non stava pensando a nulla, un uomo si presentò fuori dalla gabbia. Cominciò a guardarlo in lungo e in largo per molti minuti. Marçio dapprima non ci fece caso. Ma capì che quell'uomo doveva avere qualche funzione particolare quando notò una certa agitazione nei gorilla di fronte a lui. Le bestie si aggrapparono alle sbarre e gridarono suoni strozzati. L'uomo con calma continuò a osservare Marçio. Poi si avvicinò ai gorilla. Parlò loro come a due bambini. Gli animali sorrisero e con le dita fuori dalla gabbia lo toccarono. Marçio si mostrò disinteressato e per tutto il tempo giocò arrampicandosi e saltando giù dalla zattera. Non poteva sapere che quell'uomo per venti anni aveva accudito tutte le scimmie dello zoo.

La sua figura distaccata e gentile nei gesti come nei tratti del viso, avrebbe in poco tempo significato per Marçio molto più di una semplice compagnia. Cinquant'anni ben portati con capelli lisci e brizzolati portati con ordine dietro la nuca, lineamenti simmetrici quasi monotoni, ravvivati da una peluria incolta sulle guance, rivelavano una vita trascorsa con regolarità. La voce era calma e pacata. Parlava con estenuante compostezza senza inflessioni dialettali e sempre sottovoce. Parlava piano anche quando gridava. Le sue parole erano talmente leggere da non far scorgere né una virgola né un punto. Dal primo giorno ebbe mille riguardi. Il suo compito era quello di rendere il soggiorno di Marçio il più comodo possibile. Lo avevano richiamato per la grande esperienza che aveva con gli animali di quel reparto.

La sua gentilezza, il suo modo di fare quasi raffinato, la sua eleganza verbale, furono recepite immediatamente da Marçio. Quell'uomo che viveva la sua giornata sempre dietro o accanto alla gabbia non era né un controllore né un guardiano, né tantomeno un medico. Marçio non considerò subito il vantaggio materiale della faccenda, ma pensò di aver trovato in Giacomo colui che per il suo altruismo e per la sua esperienza, avrebbe potuto divulgare al di là delle sbarre non solo le sue esigenze ma la sua vera natura.

Giacomo già dal primo giorno cominciò a parlargli mentre gli preparava il pranzo. Per la prima volta Marçio poté assistere ai preparativi dei suoi pasti dalla finestrella sul retro della gabbia.

Quando gli preparava la colazione, riso e pane, quando gli selezionava la frutta in un cesto, Giacomo gli raccontava episodi della vita dello zoo e della sua vita in quello che lui chiamava il grande zoo: tutto ciò che si trovava oltre le mura del giardino zoologico.

Fu così che Marçio venne a sapere della scimmietta ribelle e di altre storie; spesso Giacomo lo rimproverava per quello che era successo durante la visita del ministro. Gli parlava solo per fargli compagnia, nemmeno lontanamente sospettando di essere capito. Ma questo a Marçio non importava gran che. Per ora era sufficiente non sentirsi più solo, avere qualcuno accanto che lo trattasse in un modo diverso dagli altri animali. Se avesse saputo che Giacomo si rivolgeva allo stesso modo a tutte le altre scimmie!

"Uno che ha vissuto tutta la vita con gli animali deve avere l'intuito per capire certe cose!" pensava ripetendo la stessa cosa per giorni interi. Anche questa volta sbagliava. Certo, Giacomo lo considerava strano e particolare, aveva delle grosse difficoltà a capirlo e assecondarlo, ma non aveva un valido motivo per non crederlo una bestia. Lo aveva trovato in gabbia ed era stato chiamato a sorvegliarlo come una scimmia qualsiasi. Giacomo considerava questa diversità di trattamento come una conseguenza della rarità dell'esemplare e non poteva immaginare che chi lo aveva richiamato temeva il comportamento di Marçio e quello che avrebbe potuto scatenare.

Soltanto pochi giorni dopo l'arrivo di Giacomo, Marçio notò negli altri animali un comportamento ostile. Lo giustificò pensando che non poteva essere diversamente.

Soprattutto i due gorilla non accettavano questa situazione. Marçio era arrivato un mese prima e a lui avevano dato quella che per anni era stata la loro gabbia. A loro per anni era stato dato il cibo per primi mentre ora dovevano mangiare ciò che Marçio aveva rifiutato. Ma nonostante questo si erano abituati alla sua presenza; avevano imparato a sopportarlo prima ed apprezzarlo dopo la sua ribellione. Ma piano piano tutto era cambiato fino al punto che gli avevano assegnato il loro amico migliore. Era davvero troppo: decisero di non salutarlo più e di ignorarlo. Marçio solo più tardi avrebbe intuito i torti che involontariamente aveva commesso. Non voleva disturbare né avvilire nessuno: amava troppo le vittime di quella comunità per farlo. Interpretò l'atteggiamento ostile dei due gorilla come semplice invidia, un'espressione di immaturità che uno come lui doveva comprendere.

Col passare dei giorni però la cosa lo infastidì e non rivolse loro lo sguardo di notte mentre facevano l'amore. Aveva passato ore a fissarli cercando di appagare parte dei suoi desideri. Ma quando si accorsero che Marçio li ignorava, andarono a divertirsi insieme in una parte interna della gabbia. A Marçio le voglie tornarono nel giro di pochissimi minuti.

14.

Manuel rimase nella stessa posizione un giorno intero convincendosi di non aver fatto in tempo a rientrare nella propria testa. Quello che era rimasto fuori non gli aveva dato la possibilità di continuare a vivere. Si sentiva benissimo, libero di vagare ovunque senza sforzo. Ormai tutti avrebbero dovuto sapere del suo allontanamento. Alla fine del primo giorno qualcuno tornò nella stanza. Avevano aspettato il tempo necessario per accertarsi definitivamente della sua scomparsa e preparare tutte le pratiche.

Manuel non si preoccupò di ciò che quella gente voleva ancora da lui. In ogni caso non potevano dargli grossi fastidi. Sentiva il corpo completamente abbandonato e rilassato, forse troppo. Tentò di contrarre i muscoli, dalla faccia ai piedi, ma non ottenne nessun risultato. Percepì soltanto uno spasmo all'interno della testa proprio sotto la ferita che si allungava da un orecchio all'altro. Qualcosa di molle fluttuava impercettibilmente contro le ossa del cranio.

Gli si avvicinò un'infermiera che senza attenzione spostò il lenzuolo sotto cui si trovava. Grazie alle facoltà che credeva di aver acquisito in quelle ore, riusciva a vederla nitidamente che armeggiava accanto a un armadietto. Manuel non sentì la mano sudata che gli si stringeva accanto alla caviglia ma poté vederla. Poi l'infermiera si allontanò per preparare un'iniezione. La cosa lo sorprese: pensava di aver finito di assistere passivo a simili spettacoli contro il proprio corpo. Mentre lei si avvicinava fu preso da un terribile sospetto. Cosa stava preparando? Di che cosa si erano accorti? Poco dopo capì che quell'iniezione era il biglietto d'uscita definitivo da quella sala. Dopo non avrebbe più potuto assistere e riflettere distaccato dal mondo delle cose e delle persone facendone però parte a tutti gli effetti. L'iniezione avrebbe trasformato in addio l'arrivederci dato a Barbara, gli avrebbe impedito il ritorno a casa, avrebbe eliminato colleghi, pesci, libri di esperanto. Si sentì stritolare da un violento senso di colpa. Capiva solo ora il dramma di Barbara e come lui, andandosene e non riuscendo a tornare, era stato superficiale. Aveva trasformato il suo nirvana da tragedia in divertimento. Ma ora le cose stavano per cambiare. A lui povero mortale era imposta la penitenza di capire come anche in quell'ultimo definitivo appuntamento con se stesso aveva miseramente fallito. Si era addirittura divertito in quel caos di lacrime, ferri chirurgici, professori, rami, grida e viaggi.

Come un boomerang lanciato attraverso la sua vita, tutto questo gli si stava ritorcendo contro.

Vedendo la siringa volteggiare in aria, entrò nei panni del condannato a morte. Era stato arrogante, aveva disprezzato la vita e gli uomini fino all'ultimo. Adesso che il boia avrebbe abbassato una leva e lo avrebbe fatto sobbalzare su una sedia se ne rendeva conto. Solo mentre gli stringevano le cinghie di cuoio intorno ai polsi e alle caviglie gli era data la possibilità di pentirsi. E di avere paura. Era un assassino condannato da una giuria che aveva disprezzato al punto da ignorare.

I movimenti lenti e ritmati dell'infermiera sembravano studiati per rendere la fine più atroce. Un passo durava ore, giorni, mesi. Svolgeva il compito di carnefice con una disinvoltura che lo inorridì.

"Chissà quante persone deve aver allontanato per essere così tranquilla" pensò appena la donna cominciò a canticchiare una canzone che lui conosceva benissimo e che parlava di amore e felicità. "È proprio vero – continuò – anche le cose più straordinarie nel bene e nel male diventano in fretta normalità. La routine accomuna il lavoro dell'operaio con quello del carnefice, quello dell'impiegato con quello del ladro o del torturatore".

Manuel, invischiato nel gioco della vita, farneticava tra sé e sé aggrappandosi alle ultime speranze. Non pensò, come aveva fatto per alcuni giorni, che quella condizione potesse essere la condizione permanente del non esserci più. L'iniezione non era né una formalità né una garanzia. Concluse i suoi ragionamenti sperando che la scarica fosse violenta e non lo facesse soffrire troppo.

L'infermiera si avvicinò e gli appoggiò una mano sulla coscia. Impugnò la siringa e di colpo alzò il lenzuolo. Fissò la goccia in cima all'ago e non lo guardò. Si incantò sul ritornello della canzone. Manuel cercò di catturarne lo sguardo.

Gli occhi e la mano della donna si abbassarono per cercarne il collo. Manuel vide il buio e inventò l'errore più grosso della sua esistenza: pensare che in vita sua non aveva mai interessato nessuno. Fu un lampo che in un attimo lo salvò e permise alla grazia di arrivare anche questa volta pochi attimi prima dell'esecuzione ma che lo condannò a una pena ancora più dura.

La donna vomitò un urlo disumano, secco, terrorizzato e bloccò le mandibole spalancate senza sapere se il cuore le avrebbe resistito. Uscì dalla stanza a tentoni avendo avuto la precauzione di chiudere a chiave le porte d'ingresso e dopo aver sprangato l'unica finestra.

Pochi minuti dopo tornò ancora più agitata con due medici che avevano partecipato alle avventure di Manuel nell'ospedale. Entrarono nella sala e si richiusero dietro la porta.

Manuel, disteso sulla tavola di marmo, non aveva la più pallida idea di cosa stava accadendo. I tre sopra di lui lo scrutavano da ogni parte sempre più sconvolti. Era un gioco troppo stupido per degli uomini di scienza divertirsi a prendere in giro uno che se ne era appena andato. Non si convinse nemmeno di pensieri come quello della grazia, del pentimento sincero o della redenzione, né dell'immortalità. Non aveva mai creduto in nulla di tutto ciò. Sarebbe stato troppo facile. Nessuno in alto poteva essersi fatto impietosire da uno sconosciuto come lui. Ma allora cosa volevano quei tre individui eccitati?

I medici continuarono a disturbarlo impedendogli di adottare un'unica strategia. Uno dei due mettendosi le mani nei capelli parlò per primo:

"È incredibile! Davvero incredibile! Non capisco."

"Cristo, ma come è possibile?" rispose l'altro.

"Ma cosa vuoi che ne sappia io? Hai mai visto o sentito nulla del genere da quando lavori qui dentro? Io davvero no" replicò il primo.

"Né qui né altrove, sono diciannove anni che giro tra ospedali e laboratori. Non ho mai visto cose simili. Non ne ho nemmeno sentito parlare" disse l'infermiera che continuava a tremare come una foglia aggrappandosi al gomito ora dell'uno ora dell'altro.

"Non è certo un caso che possiamo affrontare noi, – disse il secondo medico – è necessario riunire l'equipe, dall'anestesista ai professori, tutti".

"Ci saranno complicazioni. Bisogna essere tutti presenti e soprattutto d'accordo. Mi sbaglierò ma questo è un grosso, grossissimo casino."

"Più grosso di questo ospedale e di tutti gli ospedali del mondo assieme."

"Ne sono convinto" rispose il primo senza staccare gli occhi e le mani da Manuel. "Non perdiamo tempo e ragioniamo: facciamo una lista dettagliata di chi era con noi ieri. Io avviserò il professore. Voi pensate agli altri. Ma per il momento mi raccomando: non dite niente, nemmeno per telefono. Finché non saremo riuniti nessuno deve sapere nulla. Faremo dei turni davanti alla porta".

"Benissimo. – replicò leggermente più tranquilla l'infermiera – Andate, comincio io".

I due medici controvoglia distolsero lo sguardo da Manuel.

Manuel aveva ascoltato distintamente le parole dei tre ma non si ricordava di averli visti durante l'operazione. Ricordava solo la faccia del vecchio professore.

In quel dialogo non c'era stata una sola parola che gli avesse permesso di capire qualcosa. Da che parte si trovava in quel momento? La reazione dei medici faceva supporre che probabilmente non se ne era andato del tutto. Niente altro ne avrebbe giustificato il comportamento. Una sola cosa era certa: era sorvegliato a vista. La stanza in cui era entrato con un grande senso di libertà nel giro di qualche minuto era stata trasformata in una prigione. Perché quella sorveglianza e quelle parole inneggianti alla prudenza? Perché quella sentinella in gonnella di cui sentiva i passi agitati e irregolari? Non poteva scappare, non aveva la possibilità di alzarsi né di muoversi. Perché impedirgli di uscire se non avrebbe mai potuto farlo? Solo più tardi capì che una persona davanti alla porta aveva il compito di impedire non la fuga ma l'entrata. La cosa gli sembrò ancora più strana. Si calmò e decise di aspettare. Ogni tanto i passi fuori dalla porta cambiavano insieme al suo guardiano.

Il pomeriggio i medici erano di nuovo tutti riuniti, agitati da quella convocazione inaspettata. I due medici cominciarono a parlare solo quando il gruppo al completo s'incamminò verso il sotterraneo. Tutti affrettarono il passo intuendo che si stavano avvicinando a qualcosa di straordinario. Nessuno sapeva nulla ma nell'aria si era rapidamente diffusa un'atmosfera di timore. Arrivarono in gruppo alla porta davanti alla quale era immobile l'infermiera. Uno dei due medici levò la chiave dalla tasca e aprendo la porta disse:

"Signori, giudicate voi stessi. Quello che è accaduto è straordinario, mi tremavano le gambe."

I suoi tremori furono più espliciti delle parole.

Il vecchio professore entrò per primo. Scoprì il lenzuolo sotto cui Manuel stava di nuovo riposando. Si levò un coro di respiri pesanti. Fu l'unico a non indietreggiare. Manuel trovò la conferma che doveva essere accaduto qualcosa di tremendamente serio. Non aveva mai sentito che per accertarsi della scomparsa di qualcuno si fosse sollevato un trambusto del genere. Non ci sarebbe stato bisogno di quella segretezza, di quella nuova riunione di gente importante, non sarebbe stata necessaria tanta prudenza. Non avvertiva nulla di strano e nulla di strano era successo nelle ore precedenti l'entrata di quella maledetta infermiera. Lo smarrimento generale non prometteva nulla di buono.

"Osservatelo bene, per favore, – esordì il professore concitato – osservatelo e riflettete: dopo ciascuno esprimerà il suo giudizio. Intanto aiutatemi a visitarlo centimetro per centimetro, cellula per cellula. Ci sarà pure qualcosa da scoprire".

Cominciò l'ora più atroce dell'esistenza e del dopo esistenza di Manuel; lo rigirarono, voltarono, massaggiarono, colpirono, grattarono, pizzicarono, piegarono, stesero, palparono, migliaia di volte moltiplicate per migliaia di mani.

Tutto ciò provocò il solito spostamento di materia fluida all'interno del cranio. Gli spalancarono gli occhi ma non cambiò nulla perché come prima vedeva ugualmente bene. Si spaventò guardando il professore deformato da una lente con cui stava scrutandogli le pupille.

I maltrattamenti continuarono anche se uno dopo l'altro gli investigatori abbandonarono l'esame dell'uomo ufficialmente andato via il giorno prima. Il professore si ritirò per ultimo sudato e sfinito. Il sudore traspariva dalla giacca e dal camice. Tacque, si asciugò la fronte. Tutti aspettavano un responso: se non una parola almeno un cenno. Niente. Il professore tacque ancora. Manuel si impressionò di fronte a quel silenzio che in bocca a un uomo sicuro e loquace diventava una terribile minaccia.

"Allora professore, dica qualcosa. Lei è l'unico che può darci una spiegazione."

Il vecchio faceva pena. Si schiarì la voce con due colpi di tosse questa volta non artefatti.

"Ho poco da dirvi e nulla da chiedervi. Le vostre facce, così come la mia, parlano da sole."

"Stiamo aspettando professore" disse uno.

"Lo so. Ebbene signori, anch'io come voi non so spiegarmi cosa sia accaduto. Ma come voi so quale è stata la causa. Dovremo studiare il caso molto attentamente: quello che ho da dirvi non riguarda la condizione di quest'uomo ma i rischi che correremmo qualora si sapesse ciò che è avvenuto dentro questa stanza. Voglio solo augurarmi che dimostriate tutta la professionalità necessaria."

La sala sprofondò in un silenzio grigio.

"Non parlatene nemmeno tra di voi" aggiunse. Poi invitò tutti ad uscire dalla sala e si chiuse in uno studio insieme a tre collaboratori. Gli altri rimasero fuori, in silenzio ad aspettare.

Il professore esordì con le stesse parole di qualche minuto prima.

"È incredibile, veramente incredibile. Mi spiace sinceramente di avervi coinvolto in questa avventura. Voglio precisare che non intendo prendere alcuna decisione da solo. Noi quattro dovremo tenere tutto sotto controllo costantemente e sempre d'accordo. Che ne pensa dottor Romani?"

Il dottor Romani, il più giovane dei quattro, si irrigidì. Sembrava deciso e sicuro. Da sempre era il braccio destro del professore.

"Professore, parliamoci chiaro, non vedo alternative. O cerchiamo di capirci qualche cosa tenendo la cosa segreta oppure, oppure... oppure lo..."

"Lo sopprimiamo" interruppe un secondo medico più anziano. "Non possiamo permetterci il lusso di andare in galera per un disgraziato qualsiasi".

"Anch'io la penso così – disse l'ultimo medico scrollando il capo – e non vi nascondo che preferirei eliminare subito il problema".

Il professore meditò qualche istante, poi riprese a parlare.

"Il vostro ragionamento non fa una grinza: è evidente che ci sono solo due alternative. Ma vi prego: tenete sotto controllo la vostra agitazione. Pensavo di riuscire a raggiungere dei risultati nel giro di qualche anno. In un giorno invece ne ho guadagnati dieci. Adesso non rimane che studiare quanto in tutto ciò è attribuibile al caso o a delle semplici coincidenze."

"Quali coincidenze?" domandò incuriosito il dottor Romani.

"Non so ancora, solo sospetti. Quella sostanza non poteva agire in questo modo senza altri fattori concomitanti. Per esempio, non sappiamo assolutamente nulla di quell'uomo. Può essere che avesse alcune complicazioni di carattere psicologico o qualcosa del genere. È probabile che mantenesse a livello inconscio delle predisposizioni genetiche a cose simili. Chissà, forse allo stadio latente si trascinava determinate tare fin dalla nascita. Possiamo trovarci di fronte a uno psicopatico, un asociale, un individuo socialmente pericoloso. Inoltre non trascuriamo i possibili, semplici aspetti caratteriali. Sono solo supposizioni senza alcuna pretesa di conferme scientifiche ma non credo di sbagliare."

"In alcuni individui alla nascita sono riscontrabili fenomeni simili" disse il dottor Romani.

"Esatto, – continuò il vecchio – lasciatemi terminare. L'unica cosa che voglio aggiungere è che siamo davanti a un caso tremendamente serio e interessante. Non voglio parlare di scoperta, ma dobbiamo, secondo la mia opinione, andare avanti e tentare di capirci qualche cosa. È vero, corriamo dei rischi, ma sono rischi che la nostra professione ci impone di affrontare".

Il professore aveva modulato le parole in modo tale da far apparire come comuni decisioni prese soltanto da lui.

"Cosa significa questo?" chiese il medico più anziano.

Erano seduti due sul tavolo e due in poltrona. Tutti fumavano nervosamente.

"Dottor Mucci, col consenso generale vorrei imbarcarmi in questa avventura. Si potrebbe tenere qui quell'uomo e studiarne l'evoluzione. Naturalmente mantenendo almeno per i primi tempi la massima segretezza."

"No, professore, quale responsabile di questo ospedale non posso assolutamente accettarlo. Perché dovrei rischiare più degli altri? E per quanto tempo pensa che bisognerebbe tenerlo nascosto? Un mese, un anno, forse due?"

"Non credo, non ce la farà, – lo interruppe il professore – ma capisco le sue ragioni e non insisto".

Il vecchio professore chinò il capo e si concentrò. Pensò a Manuel disteso sul tavolo di marmo.

"È il primo problema, decidiamo. Siamo d'accordo sul... sì, insomma, sul non sopprimerlo?"

Grazie agli sguardi e ai toni del professore, furono tutti d'accordo. Il professore tossì di soddisfazione.

"Bene – disse il dottor Romani – adesso bisogna rimanere calmi. In bocca al lupo a tutti. Non possiamo permetterci di sbagliare. Per quanto riguarda il riserbo generale me ne occupo io. Conosco tutti" proseguì.

"Professore concluda, ci fidiamo e non possiamo decidere meglio di lei" disse il dottor Mucci.

Il professore già da qualche minuto stava riflettendo senza curarsi delle parole degli altri. Le idee gli passavano come lampi nella testa. Tacque per dieci minuti senza respirare e senza muoversi, tossendo ogni volta che doveva riprendere fiato. Poi riprese a parlare annunciato da una scarica di tosse. In pochi minuti aveva elaborato un piano che sbalordì i colleghi. Riuscì a convincerli che stavano per partecipare a una meravigliosa avventura.

"Potremmo fare così: – esordì, dando la sensazione agli altri che nulla era stato ancora deciso – partiamo dal presupposto che pochi crederebbero alla verità qualora noi la rivelassimo. Questo ci permette di giocare sul sicuro con quel povero disgraziato. Se voi non foste dei medici e vi imbatteste in una situazione del genere come vi comportereste? Sicuramente gridereste al miracolo o a chissà cosa. Se doveste essere chiamati voi a decidere sulle sorti di un essere così incontrato per caso di notte, mentre tornate a casa, magari con vostra moglie e i vostri figli, che fareste? Vi rivolgereste alla polizia, al manicomio, oppure vi fermereste a vedere, a parlarci? Lo fareste salire in macchina? Lo invitereste a casa vostra per evitare che altri lo vedano? La risposta è la stessa per tutti. È questo il nostro punto di forza. Dobbiamo comportarci come se non sapessimo chi è quell'uomo né da dove proviene. Dobbiamo rimanere tranquilli, muoverci al di fuori di ogni sospetto. Cose queste che sono la naturale conseguenza di un comportamento normale. Noi quell'uomo non l'abbiamo mai visto. Anzi sì, certo che l'abbiamo visto: l'abbiamo operato cercando di strapparlo a un destino troppo atroce per lui e per noi. Insomma un caso disperato ma non diverso da tantissimi altri. Anche sua moglie lo ha visto e lo ha pianto con me accanto. Cosa vogliamo di più?".

"Ma come facciamo a portarlo via?" disse il dottor Ramaglia.

"Mi avete detto che avete fiducia in me, no?"

"Certo professore, ma ci sono delle difficoltà che…"

"No – rispose brusco il professore – le difficoltà si eliminano sempre. Sono quello che rischia di più e sono il più tranquillo. Se volete dissociarvi possiamo ancora ridiscuterne".

"No – lo interruppe il dottor Mucci – non fraintenda. Solo che… voglio dire che… Non può negare che le cose sono ancora in alto mare. Ancora non ci ha detto nulla".

"Sarà sufficiente che voi tre e gli altri facciate quello che vi dirò. Abbiate fiducia in me e in tutti gli amici importanti che mi daranno una mano. Voi quell'uomo l'avete visto per l'ultima volta qualche minuto dopo la sua morte mentre sua moglie tratteneva a stento le lacrime. Punto e basta. Mettetevelo bene in testa."

"D'accordo, stia calmo. Ve lo abbiamo detto dal primo momento, siamo con lei" disse il dottor Ramaglia stringendosi nel camice.

"Un'ultima cosa professore: lei prima ci ha chiesto cosa avremmo fatto se avessimo incontrato quell'uomo. E ha chiesto anche se avessimo cercato di parlargli. Ecco, e se quell'uomo fosse ancora in grado di parlare o di gridare? Se ricominciasse a comunicare? Non sappiamo cosa è successo e non possiamo escludere un'evoluzione. Quindi prima di sistemare tutto dovremo operarlo di nuovo e sistemare alcuni dettagli; poi tenteremo di rianimarlo. Può essere molto più utile sveglio e attivo che così, sempre che ce la faccia."

Da un'occhiata del professore i tre capirono che non avevano altro da dirsi e che dovevano tornare dagli altri per comunicare le decisioni. Il professore, ricorrendo ancora in modo più convincente alle sue armi migliori, compresa la tosse, salutò tutti.

Manuel intanto non aveva ancora capito nulla né di quello che era successo né di quello che sarebbe avvenuto in seguito. L'unica cosa che voleva evitare era che gli riaprissero la testa. Non voleva più essere maltrattato da chi sentiva ormai troppo ostile. Se scrutare la vita da quella angolazione era così problematico, tanto valeva cercare di far tornare tutto dentro la testa se gliela avessero riaperta. Ma fu preso dal dubbio che ciò che era rimasto fuori probabilmente stava vagando per qualche altro mondo ed era irrecuperabile.

Lo operarono nuovamente. Manuel rimase completamente passivo e si limitò a osservare senza nemmeno riuscire a pensare. Il suo atteggiamento di sottomissione fu totale quando con una violenta contrazione cercò di rientrare tutto nella testa. Non sentì nulla. Si rassegnò come al solito aspettando gli eventi, convinto che ormai era un po' di qua e un po' di là e ci sarebbe rimasto a lungo.

Rimase altri due giorni disteso su quel tavolo, dormendo e riflettendo sulla situazione. L'ultimo intervento non aveva cambiato nulla. Ma dal discorso del professore aveva capito che non l'avrebbero lasciato lì in eterno. Aspettò e fece bene. Col passare delle ore cominciò nuovamente a comandare i muscoli.

Al terzo giorno aveva ripreso completamente conoscenza. Stava vivendo ed era terribilmente confuso. Si lasciò visitare cercando di collaborare con i medici e di catturarne le grazie.

La notte del terzo giorno un aereo atterrò nella capitale, la città di Manuel, arrivando da una destinazione dalla quale non era mai partito.

Due giorni più tardi fu diffuso un comunicato sottoscritto dal direttore dello zoo e da autorevoli professori in cui venivano divulgate le prime (e ultime) notizie su Marçio.

Nel testo laconico come un telegramma che fu distribuito alla stampa, si confermava la natura particolare di quello strano essere catturato per caso in una foresta del nord del paese: pesava settantotto chilogrammi, era alto un metro e ottanta circa. La temperatura corporea era costante sui trentotto gradi e mezzo, aveva capacità cardiaca e polmonare superiore a quella umana, era soggetto a notevoli e improvvisi sbalzi di pressione, secerneva una strana sostanza simile a schiuma dal naso e dalla bocca. I peli e le unghie gli crescevano a una velocità sette volte superiore al normale. Gli arti superiori erano sviluppati e la muscolatura agile e scattante. A parte queste differenze e la predisposizione a camminare semi-eretto poteva essere considerato una creatura molto simile all'uomo, un vero e proprio antenato.

Non fu comunicata né una parola di più né una di meno. Più che un bollettino medico sembrò a molti uno dei tanti tasselli di una campagna pubblicitaria abilmente preparata.

15.

Marçio aveva scoperto il sesso quasi per caso, quando per motivi diversi dal godimento fisico aveva deciso di masturbarsi in pubblico. Era una strada che avrebbe voluto percorrere fino in fondo, ma non era certo facile da solo, all'interno di una gabbia. Richiedeva troppa concentrazione.

In quel primo mese e più di permanenza allo zoo aveva imparato a godere (nel vero senso della parola) di cose marginali. Nessuna scimmia né altro mammifero provava un così intenso piacere nel soddisfare i propri bisogni corporali, nel leccare il fondo del piatto alla fine dei pasti o nel giocare e nell'accarezzare i copertoni, nell'arrotolare con garbo le corde che pendevano dal soffitto.

Nei giorni che seguirono non ebbe più il coraggio di ripetere in privato ciò che con tanta disinvoltura aveva fatto in pubblico. Nemmeno di notte quando più accese erano le sue voglie.

Era spaventato non tanto dall'offesa contro il ministro e le altre autorità e nemmeno dalle punizioni, ma si era convinto, anzi lo avevano convinto, che l'offesa maggiore l'aveva rivolta al proprio corpo. Da quel giorno non aveva più leccato i piatti, i copertoni e le funi. Poco alla volta indirizzò lo sfogo dei suoi piaceri nel sentire e nel guardare, nell'immaginare, quando poteva riuscirci, gli altri animali che facevano l'amore di notte nel silenzio generale. Qualche volta conseguì risultati ottimi senza toccarsi e quelle volte si sentì in pace con la coscienza. Distingueva alla perfezione i sospiri, i gemiti, e le grida che provenivano dalle altre gabbie. D'altra parte gli animali vicino a lui avevano imparato presto a riconoscere e apprezzare i suoi affanni. Soprattutto i due gorilla avevano capito (quando ancora i loro rapporti con Marçio non si erano alterati) quale fosse il dramma di quella strana bestia che probabilmente non aveva mai visto una femmina della sua specie. Per questo avevano cominciato a fare l'amore davanti a lui: le prime volte con una certa discrezione facendo credere a Marçio di non essere visti ma poco tempo dopo senza nessuna remora gli si sdraiavano davanti tutte le sere. Questa novità fece intensificare ai due gorilla i loro rapporti e i loro giochi si arricchirono di nuove fantasie. Marçio non si vergognava di quello che faceva: era naturale approfittare di uno spettacolo piacevole che gli veniva offerto.

Le prime volte la cosa gli prese talmente i pensieri che viveva aspettando la sera. E quando per un motivo o per l'altro i gorilla non si divertivano, i pensieri di Marçio diventavano tormento. Allora talvolta finiva col toccarsi pensando alle sere precedenti, immaginando di entrare in quella gabbia. E una notte avvenne.

Mentre sognava sentì dei colpi strusciati contro la porta. Dopo essersi nascosto nella parte più interna, vide entrare la gorilla. Qualcuno, forse i medici che volevano studiare il suo comportamento, la spingeva nella gabbia. Poi la porta si richiuse. Marçio uscì allo scoperto e i due si studiarono per qualche minuto. La gorilla si avvicinò e si stese per terra. Marçio le si adagiò accanto e aspettò che lei prendesse l'iniziativa. Si strusciarono l'uno contro l'altro eccitandosi. Fecero l'amore a lungo sotto lo sguardo divertito del gorilla. Marçio, trasportato dalla sua compagna, considerava quel piacere come la più irraggiungibile delle conquiste. Dopo due ore la gorilla tornò nella sua gabbia e Marçio la salutò carezzandola e dandole la scodella con gli avanzi del riso. Fingendo di dormire poté vederla che tranquilla raccontava al suo compagno, mentre insieme leccavano la scodella di Marçio, le emozioni di quelle ore. Di quella notte, dopo qualche minuto, gli rimase soltanto sulla pelle un odore aspro e provocante.

Con la rottura dell'intesa con i gorilla Marçio rallentò la sua naturale evoluzione sessuale. Nonostante tenesse le orecchie pronte a percepire il minimo respiro della notte, non si voltò più. Tutte le sere con le lacrime agli occhi e nei ricordi, si metteva a sedere sul suo giaciglio con la schiena rivolta ai gorilla.

Ma dopo le prime delusioni non se la prese più tanto. Anzi percepì che stava superando la tentazione di qualcosa di emozionante ma estremamente pericoloso per la sua natura. Era convinto di poter godere di ciò che la fantasia gli suggeriva ed entrare ogni notte in una gabbia diversa. Nell'immaginazione aveva il più valido degli alleati per superare la monotonia.

La vicinanza di Giacomo lo stava aiutando a prendere coscienza di tutte queste cose e non solo di queste. Giacomo con la sua lucida umanità, il suo comportamento garbato, con la sua disinvolta semplicità, gli fornì gli spunti per sentirsi più sicuro. Il racconto della vita di Giacomo era ciò che più gli interessava: spesso si era trovato in difficoltà e ne era sempre uscito a testa alta e con poco sforzo. Era convincente e signorile nelle parole come nelle scelte. La facilità della sua vita sprigionava prepotentemente dalle difficoltà che credeva di raccontare. Giacomo gli parlava solo per tranquillizzarlo, distrarlo o fargli venire sonno: non c'era nessun altro scopo e per molto tempo non ci sarebbe stato. Nonostante ciò Giacomo capiva che quello strano animale condannato a essere così simile a un uomo, aveva qualcosa di particolare che non riusciva ad afferrare. Purtroppo quei giorni coincisero col periodo in cui Marçio cominciò a godere dei frutti che maturavano sull'albero della calma e della riflessione. La gabbia gli sembrava quasi confortevole. A guardarlo non dava l'impressione di chi stava per risalire il baratro della schiavitù. Se Giacomo fosse stato presente i primi giorni, probabilmente avrebbe potuto capirne di più. Era pronto a raccogliere tutto quello che poteva essere lanciato dagli occhi e dalla disperazione di Marçio. Ma lui, con il suo arrivo, si era ancora più rilassato e cominciava ad assaporare l'ambigua abitudine di avere qualcuno preposto alla propria comodità.

Il ruolo che Marçio doveva sopportare nei confronti degli uomini non era lo stesso che erano chiamati a svolgere gli animali in tutti gli zoo del mondo. Non era lì solo per farsi amare, molestare, deridere e per far passare il tempo a folle di scolaresche e colpire da centinaia di noccioline. Non riceveva quella ospitalità forzata solo per farsi vedere. Era chiamato, suo malgrado, a svolgere un compito molto più impegnativo: su di lui confluivano interessi scientifici ed economici che nessun animale poteva comprendere. Per questo mentre gli altri animali erano visitati dal veterinario dello zoo, Marçio riceveva un trattamento diverso.

La medicina, l'antropologia e la sociologia erano lì pronte a studiarlo, sezionarlo, violentarlo nel corpo e nell'anima per donare all'umanità nuove sconcertanti nozioni.

Ogni dieci giorni veniva prelevato nottetempo, caricato su un furgone che subito si allontanava in gran fretta: lo portavano dove poteva essere visitato con calma. Per notti intere si trovò di fronte le stesse persone che avevano organizzato la sua detenzione allo zoo. Ciò era possibile grazie a una serie di complicità e connivenze tra un gran numero di uomini importanti. Questo lo scoraggiava. Gli dava la sensazione di essere finito in un gioco senza via d'uscita. Lo preoccupava non avere nulla da nascondere o da rivelare. Quelle persone, e il vecchio professore più degli altri, pretendevano da lui chissà cosa usando macchine, suoni, luci, fili, elettrodi, aghi, siringhe, iniettandogli le più strane sostanze e riaprendogli la testa, legandolo, stimolandolo con l'elettricità. Le prime visite non lasciarono traccia dei maltrattamenti subiti perché Marçio era analizzato e riportato in gabbia sotto narcosi. Di queste uscite notturne non gli rimaneva altro che un gran mal di testa.

Dopo qualche volta i medici pretesero di visitarlo mentre era cosciente. Lo prelevarono e lo fecero uscire dalla gabbia come il peggiore dei delinquenti. Gli infilarono un cappuccio nero sul capo e spingendolo a testa bassa lo trascinarono fuori dallo zoo attraverso una porta secondaria. Col respiro che scoppiava dentro il collo, con quelle mani grosse come pale che gli stringevano la nuca, non poteva entusiasmarsi di essere finalmente, per la prima volta, fuori dallo zoo.

Mentre attraversava la città pensò che in fondo la sua gabbia era pur sempre una bella e comoda gabbia.

Dove lo portavano? Ancora una volta tutto quello che Marçio poteva concedersi era una serie di risposte che rimanevano domande. Perché lo trattavano così? Perché nessuno aveva impedito che lo portassero via? Dove era Giacomo?

Pensò queste cose mentre stava per arrivare alla clinica privata dove senza saperlo era stato processato altre volte. Fu fatto scendere a spintoni. Gli uomini che l'avevano sequestrato scomparvero poco dopo. Probabilmente erano andati a prelevare qualche altro condannato, forse un vero uomo. Sarebbero ritornati con lo stesso furgone, lo stesso cappuccio e lo stesso misterioso reato. Poi avrebbero finito di occuparsi di lui.

In qualche secondo fu spogliato, cappuccio compreso, e steso sul solito gelido tavolo di marmo. Sopra di lui, una lampada e alcune facce controluce cominciarono a scrutarlo. Alcune le aveva notate spesso fermarsi a lungo davanti alla gabbia. Lo attrasse più degli altri il vecchio professore.

Il trattamento fu quello di sempre ma le sue reazioni, da sveglio, furono diverse: reagì al sadismo e alla curiosità gridando e disperandosi, emettendo suoni sordi e strozzati. Dopo un'ora si rassegnò sperando che arrivasse presto il prossimo condannato. Gli infilarono un grosso cannello nel naso. Vide il suo corpo ricoperto di fili e piastrine. Gli strapparono qualche pelo senza troppi complimenti. Fu costretto a vedere tutto: due pinzette argentate gli tenevano aperti gli occhi, anche questi oggetto di studio metodico e spietato. Gli tagliarono le unghie immergendole poi in un liquido rosso.

"Non c'è niente di nuovo, è sempre la stessa storia!" disse con le mani nei capelli il vecchio professore osservando con un solo occhio alcuni nuovissimi strumenti.

"È vero – disse il dottor Mucci – guardi le registrazioni della settimana scorsa".

"Non c'è nessuna evoluzione, nessuna involuzione, niente di niente. Questo animale ha deciso di prenderci in giro."

Mostrò al professore alcuni fogli pieni di numeri e di linee. Marçio come al solito rispose senza parlare. I suoi occhi avevano interpretato quelle parole come l'enunciazione di più violente e sistematiche torture. I suoi monologhi cerebrali partorivano solo raffiche di domande. Questa volta però servivano a distrarlo dal dolore. Forse comparavano i suoi dati con quelli di qualcun altro simile a lui. L'idea di non essere il solo a trovarsi in quella condizione anziché dargli coraggio lo infastidì. Gli sforzi delle poche persone che lo difendevano avrebbero dovuto essere divisi per due, per tre, forse per cento. E se Giacomo fosse stato mandato ad accudire qualcuno più importante?

"Continuiamo ad aspettare" disse il professore cominciando a staccare dal corpo di Marçio parte degli elettrodi.

"Già – disse il dottor Ramaglia – possiamo allungare l'intervallo tra una visita e l'altra. Ogni quindici giorni e sotto narcosi, tanto la situazione non cambia".

"Va bene, ogni quindici giorni. Ogni volta che esce dallo zoo è un rischio. Come potrebbe esserlo il fatto che ricordandosi delle visite alteri il suo comportamento. Prima di portarlo via fategli un sedativo". Il professore come al solito aveva sicurezza da vendere.

"D'accordo, siamo tutti d'accordo – disse il dottor Ramaglia – professore può andare, finiamo noi".

"Mi raccomando continuate a tenerlo d'occhio. Intensificate i turni davanti alla gabbia. Osservate tutto con molta attenzione, se succede qualcosa avvisatemi. Questa situazione, questo stadio fisiologico intermedio è precario e privo di basi logiche per essere definitivo. Dobbiamo essere pronti ad affrontare ogni evenienza. Non dobbiamo rilassarci né ora né tra un anno. Nessuna obiezione?"

Il dottor Mucci lo seguì in corridoio.

Marzio fu ricomposto e sistemato per bene. Ancora una volta era arrivata all'ultimo momento una grazia incomprensibile a liberarlo dai tormenti. I medici lo avrebbero aspettato al varco, doveva riflettere a fondo. Avevano provato a spaventarlo con quella messa in scena e tutto sommato era soddisfatto della sua reazione. Accettò tranquillamente l'ultima iniezione.

Sulla via del ritorno, intontito, riuscì ad assaporare la gioia di essere circondato da qualcosa di diverso dalle sbarre. Per un attimo le vide fuse dallo sguardo suo e di tutti quelli che ogni giorno vi si accalcavano. Stava imparando a trasformare la prigionia in libertà e la libertà in prigionia.

Lo rigettarono mezzo intontito in gabbia. Si sentì sdoppiato, sbattuto in un angolo a pancia in giù in mezzo ai rifiuti. Si faceva schifo. Ma un pensiero, un pensiero nuovo e travolgente, dirompente come un incendio e provocante come la più bizzarra delle idee, gli fornì la possibilità di rimanere sveglio e non scordarsi di ciò che era successo quella sera.

Per la prima volta pensò, e davvero non l'aveva mai fatto prima, che da quella notte, se avesse potuto, avrebbe cercato di scappare.

16.

La stanza non aveva mobili né luci. Entrandoci Marçio non ricevette nessuna buona impressione. Sembrava una casa abitata da povera gente. Una nuvola di profumo francese ondeggiava nell'aria. La raffinatezza di quel profumo contrastava con la rigidità delle linee dell'ambiente e dimostrava che qualcuno vi abitava. Forse una nobile decaduta che non possedeva più nulla tranne una scorta di profumi. Ricordò di averlo sentito addosso a molta gente che si era fermata davanti alla sua gabbia. Su un tavolino a tre gambe accostato al muro c'erano un paio di bustine vuote di tè e una teiera di ceramica.

Vecchie stampe, ritratti con grandi baffi, spade e medaglie lo osservavano dalle pareti.

Si avvicinò a un vetro scuro attraverso il quale le cose all'esterno apparivano deformate. Entrò in una stanza divisa esattamente a metà da un secondo vetro alto fino al soffitto. Da un lato si allungava un corridoio che portava nell'altra metà della sala.

"È la camera da letto" pensò e si affacciò piano piano. Da un lato il vetro permetteva di vedere perfettamente attraverso, ma una volta che passò dall'altra parte, non ebbe la possibilità di guardarsi indietro. Il vetro era opaco e ruvido. Non c'era nessun letto. Solo una poltrona che dava l'idea di essere molto comoda. Il suo aspetto però non era dei più invitanti. Un vecchio velluto damascato tutto consunto la foderava e sui braccioli all'altezza di dove si appoggiavano i gomiti, la gomma piuma dell'imbottitura fuoriusciva da alcuni tagli verticali. Alla base era appoggiato un traballante poggiapiedi di legno tarlato. Quella poltrona doveva essere usata da decenni in continuazione.

In questa stanza la nuvola era ancora più bassa e il profumo più forte. Le gocce di vapore nebulizzate nell'aria infastidivano le narici di Marçio insieme ai batuffoli di polvere che svolazzavano ovunque. Intorno non c'era altro. La poltrona che, restaurata e in un arredamento più completo avrebbe avuto un ruolo rispettabile, appariva un cadavere boccheggiante. Un rigattiere da qualche parte la stava aspettando.

Eppure Marçio avvertì qualcosa di strano. Un silenzio di mistero e di paura, come se quello fosse stato un posto da tenere nascosto, da non rivelare a nessuno. Forse vi si svolgevano riti medianici, vi si riuniva qualche setta segreta, oppure lì qualche pazzo farneticava plasmando un nuovo mondo. Non si fermò. Si accostò alla poltrona senza timore, vi si appoggiò e allungò le gambe sul poggiapiedi. Le tempie gli pulsavano ritmicamente, la vista gli si annebbiò.

La stanza cominciò a girare dapprima lentamente e poi sempre più veloce a scatti regolari. La testa di Marçio fu proiettata verso le pareti della stanza; temette che si potesse staccare da un momento all'altro. Non aveva paura. Ormai aveva una certa pratica nell'affrontare situazioni che lo trasferivano verso dimensioni innaturali.

La stanza rallentò quando Marçio si sentì libero e leggero. Si trovava nella stessa stanza, sulla stessa poltrona, e con la testa ancora attaccata saldamente al collo. Rimase seduto per non perdere l'equilibrio.

Un altoparlante arrugginito pendeva appeso a un angolo del soffitto. Lo sguardo di Marçio fu l'interruttore che lo fece accendere. Doveva essere uno dei primi modelli messi in circolazione.

"Sei venuto perché sei pratico di cose del genere. Non c'era nessuno più adatto di te."

Marçio rimase calmo: quella situazione irreale non differiva da quelle che da un po' di tempo era costretto a vivere. La voce continuò.

"Questo posto non è una finzione, né lo è la poltrona su cui sei seduto. Sono sempre esistita anche se non con la stessa forma e nello stesso posto. Questa voce è sempre uguale anche se non parla la stessa lingua" l'altoparlante aveva un tono particolarmente confidenziale. Marçio come con Zamenhof era in grado di parlare.

"Dove siamo e cosa è questa messa in scena? A che serve e di chi è questa poltrona?"

"Non chiamarmi così – rispose gracchiando dall'altoparlante una voce debolissima – non sono né di nessuno né di tutti".

"Come fai a parlare? Di chi è la voce attraverso la quale parli?" replicò Marçio imbambolato cercando di tenere sotto controllo contemporaneamente sia la poltrona che l'altoparlante.

La voce tossì due volte. Appena riprese a parlare Marçio poté capire qualcosa. La voce cambiava con una velocità sorprendente.

Non c'era un unico suono ma due voci distinte, una maschile e una femminile che si alternavano ad ogni parola.

"Cosa significa?" chiese Marçio.

"Che non ho sesso, non sono né uomo né donna, né maschile né femminile. Non è facile da accettare ma con me è imbarazzante adoperare qualsiasi aggettivo."

Marçio nel sentire quelle parole rimase stordito: aveva sempre creduto in alcune nette distinzioni logiche e inequivocabili, semplici classificazioni che erano alla base del suo mondo facile. Il pari e il dispari, il chiaro e lo scuro, l'alto e il basso, la discesa e la salita, e così prima fra tutte il maschile e il femminile. Se gli avessero dimostrato che le giraffe dello zoo erano basse rispetto alle scimmie, se il sole fosse stato buio, se il numero tre fosse stato perfettamente divisibile, allora Marçio avrebbe avuto la certezza di essere finito in un altro mondo. La sua involuzione sarebbe stata naturale e non un dispetto della vita. Ma era vero: quella stessa voce era dapprima rauca e robusta, poco dopo diventava acuta e aggraziata.

L'altoparlante continuò:

"Non mi hai detto come ti chiami."

"Marçio."

"Da dove vieni?"

"Non so bene, di sicuro l'ultimo posto dove stavo era lo zoo."

"Lo zoo?" rispose titubante la voce.

"Sì, lo zoo, cosa c'è di strano?"

"È abbastanza difficile credere che uno come te venga dallo zoo."

"Si vede che da dove sei non mi vedi bene" replicò Marçio con il tono di chi nega certe cose per continuare a sentirsele ripetere.

La poltrona fece silenzio per qualche attimo.

"Hai ragione, di cose e persone ne ho viste, ma non avevo mai visto nessuno simile a te. Mi viene da ridere."

"Non c'è assolutamente nulla da ridere, – ribatté severo Marçio – semmai devo ridere io che sento la tua voce tremolante, la voce di una poltrona!".

"Non ti alterare, – rispose quella conciliante – in tutto il mondo mi chiamano Old Spasky. E ti assicuro che non sono cattiva come credono".

"La sedia elettrica. Old Spasky era chiamata la sedia elettrica!" urlò Marçio che indossava di nuovo i panni sbrindellati del condannato a morte che doveva districarsi in discorsi assurdi e grazie inaspettate.

"Perché *era chiamata*? Perché parli al passato? Nonostante il mio aspetto dimesso vivo e parlo ancora."

"Credevo che il mondo si fosse dimenticato di te. Non sei molto simpatica."

"Lo so, lo so, – rispose la poltrona col tono di una madre che rassicura i suoi piccoli – non sto simpatica a nessuno. Anzi, a qualcuno sì e a molti lo sono stata, dipende dai momenti e dalle occasioni. Come potrei vivere da decenni se nessuno mi aiutasse, mi difendesse?".

"Ti rendi conto di cosa hai seminato?" gridò Marçio con rabbia verso il soffitto.

"Ho fatto solo il mio dovere. Un dovere impegnativo, sono d'accordo, ma non potevo e non posso rifiutarmi. La mia stessa natura me lo imponeva. Che nascevo a fare sedia elettrica, per riportare i condannati sulla retta via? Sono uno strumento della legge e la legge è giustizia. Io non decido nulla."

"Non mi convinci, – disse Marçio allontanandosi in punta di piedi dalla poltrona – non credo alla tua buona fede. Il fatto che proprio io sia finito qui è perlomeno sospetto. Stai cercando di prendere confidenza per poi fregarmi?".

"Dai Marçio, piantala. Più volte ho sentito suonare la tua ora. Sei persino arrivato a convincerti che una condanna sarebbe stata giusta. Sapevo tutto? Si, sapevo tutto: chi eri e da dove venivi."

"Beh, allora è vero: se sono qui è perché mi devi usare" Marçio aveva parole e modi bruschi. Con arroganza dimostrava di non aver paura.

La poltrona saltò su se stessa:

"Ancora non hai capito, non hai fatto nulla. Non è arrivata nessuna segnalazione a parte quelle che mi hai fatto pervenire tu stesso. Ma hai sempre trovato il pensiero giusto nell'attimo giusto per sottrarti all'autocondanna. Al contrario di molti che di colpe ne hanno avute e ne hanno."

"Ne hanno?" disse Marçio.

La voce della poltrona divenne minacciosa.

"Sì certo, e molte."

"Questo significa che continui indisturbata il tuo programma di annientamento."

"Sicuro, – rispose tranquilla la poltrona – ogni giorno per quattro ore. Senza interruzioni".

"Non è possibile!"

"Aspetta qualche minuto e vedrai. Si comincia alle dieci ogni mattina. Si va avanti tutta la settimana senza interruzioni, domeniche comprese, lavoro sia a Pasqua che a Natale."

Sul muro, appena sotto l'altoparlante, comparve un orologio della stessa epoca della poltrona, con alcune ragnatele che sembravano elastici in tensione tra le lancette, trascurato e impolverato come la sedia. Di colpo Marçio fu travolto da un'ondata di voci e di urla. Scorrendo su un binario il vetro divisorio scomparve. Marçio tornò nella prima stanza per capire dall'unica finestra ciò che stava accadendo. Una folla agitata circondava la casa e si stava accalcando contro l'ingresso; centinaia di persone, tutte in mutande, senza scarpe, volevano entrare.

"Sono i condannati di oggi, non c'è dubbio" pensò. Spingendo cominciarono a entrare cercando di superare gli altri in ogni modo. A Marçio non pareva vero che quelle persone ricorressero a morsi, calci e bastoni per arrivare alla sedia prima degli altri.

La folla esaltata invase la stanza dove al centro la sedia attendeva. L'orologio segnava le dieci meno dieci. I condannati erano diversi tra loro e i luoghi dai quali provenivano erano infiniti. Gli sembrò impossibile che ogni giorno la terra partorisse un così alto numero di colpevoli. Non solo, ma ognuno voleva essere giustiziato per primo.

Marçio si gettò davanti alla poltrona per respingere l'assalto di quelli che volevano sedersi. Disperatamente li spinse, li graffiò per farli tornare indietro. Li colpiva allo stomaco e ai testicoli più duramente di quanto quelli facevano con lui. Era un lotta disperata. Urlando cercava di convincerli che c'era sempre un'ultima possibilità di salvezza. Lui l'aveva trovata più volte. Il fatto che fosse lì, vestito e deciso, lo dimostrava. In quel furibondo corpo a corpo fu più volte sul punto di essere travolto. Lottando capì le colpe di quella gente. C'erano bianchi, gialli e neri. C'era un tizio alto e biondo con una cicatrice che gli tagliava la faccia da parte a parte e se ne vergognava lottando a testa bassa. Un piccolo uomo con gli occhi a mandorla aveva un braccio senza la mano e lo agitava come un randello. Un altro sembrava normale ma nel momento in cui fu colpito da una bastonata non gridò. C'era gente che non vedeva e non sentiva. Un cinese che non parlava la sua lingua e un cristiano che si rifiutava di dire le preghiere. Una donna si distingueva per la rabbia che aveva in corpo: urlava che non poteva avere figli. Un'altra stava in disparte ed era tra le poche ad aspettare con calma il proprio turno: di figli ne aveva avuti tanti con troppi uomini. Un'altra voleva i suoi vestiti da uomo così come altri uomini volevano i loro vestiti da donna. Di molti che arrivarono dopo, le colpe non erano così evidenti. Ognuno secondo il proprio stato d'animo cercava di nascondere o di ostentare ciò che aveva di diverso. Molti, come Marçio, si erano condannati da soli.

L'orologio segnò le dieci meno tre. Perché quello senza capelli cercava di sopraffare quello senza una gamba? Perché la bambina con quelle macchie sulla pelle derideva quel nano? E il signore senza denti che sputava sangue su quei vecchi? Perché nessuno cercava di comprendere gli altri? Perché avevano tutti fretta di morire?

In mezzo a quella turba puzzolente e scatenata nessuno alzava una parola di tolleranza. Marçio, alla fine, stremato, per non essere travolto, cercò scampo gettandosi a testa bassa contro la prima fila. Trovò un varco, così nella seconda e nella terza. Fu costretto a calpestare alcuni corpi. Si appoggiò alla parete sotto all'orologio.

L'altoparlante gracchiò con voce fredda, molto diversa da quella con cui si era rivolto a Marçio:

"In ordine, calma, si comincia!"

Erano le dieci in punto. Ci fu un boato. I condannati, difendendo le posizioni conquistate, formarono una fila disordinata. La stanza si illuminò con una serie di fulmini freddi, tremolanti, che dipinsero sui volti un'agghiacciante aria satanica e azzurra. Dieci, cento, mille lampi e la stanza continuava ad essere affollata allo stesso modo. Passarono quattro ore, alle due suonò la sirena. Alcuni protestarono e si ritirarono con ordine. Quando fu solo Marçio non si rivolse all'altoparlante ma direttamente alla poltrona.

"Spiegami" implorò.

"Non c'è niente da spiegare" disse la sedia.

"Perché non si ribellano?"

"Ci hanno provato, tanto, tantissimo tempo fa. Ma non ci sono trucchi per sottrarsi a questo trattamento. In ogni luogo della terra, anche nel più piccolo e sperduto, nel più civile o nel più arretrato, dappertutto, ci sono regole da rispettare. I reati cambiano anche più volte in un anno. Così a seconda dei momenti e delle convenienze le regole venivano e vengono cambiate. Alla fine gli uomini non ci capiscono più niente."

"Che vuoi dire? Spiegati meglio" rispose Marçio.

"Mi devo riposare, cercherò di essere più chiara possibile. Insomma, quel nano in un'altra epoca e in un paese differente dal suo non sarebbe stato mandato qui, né lui l'avrebbe accettato. Così il vecchio nel paese del nano. La donna con i figli nel paese di quella senza figli sarebbe stata rispettata e viceversa. È un gioco, il più antico, crudele e naturale. Non ha regole, o meglio le regole sono talmente numerose che praticamente non esistono. L'importante è creare colpevoli."

"Va bene, ho capito, me ne vado" disse Marçio controllando l'orologio sul muro.

"È tutto quello che in tanti anni ho potuto apprendere anch'io" concluse la sedia.

L'orologio scomparve. Non si sentì più nessuna voce. La poltrona diventò un po' più vecchia. La nuvola di profumo evaporò. Marçio fece scorrere di nuovo la parete di vetro; ai piedi della sedia sistemò la pedana che quegli scalmanati avevano rovesciato. S'incamminò verso l'uscita.

"Eh! – disse sottovoce – se è così per i reati minori, chissà perché ancora non è toccato a me".

Spalancò la porta, attraversò un prato e si ritrovò in gabbia. Non era sudato e nemmeno preoccupato. Non ricordava cosa era successo, dove era stato, né se le visite mediche fossero state sogno o realtà.

Avvertiva però un profondo senso d'impossibilità a risolvere ciò che gli stava capitando. Svegliandosi da un incubo si era trovato immerso nei suoi problemi e nella sua gabbia. Per la seconda notte aveva sognato di parlare. Fu di nuovo assalito da una realtà che dimostrava di essere peggiore di qualsiasi sogno.

Anche quella mattina le prime cose ad essere illuminate dal sole furono le sbarre.

17.

L'autunno inoltrato dello zoo non era ancora freddo. Gli animali si preparavano a vivere la stagione più difficile. Sarebbero arrivati meno visitatori. Questo significava meno svago, minor divertimento. Inoltre non tutte le bestie si abituavano facilmente alle gelate notturne. Così anche Marçio, a cui nessuno avrebbe pensato di dare qualche straccio in più o una stufa, era preoccupato.

Il pensiero del freddo gli procurava brividi ghiacciati quando di notte c'era ancora la possibilità di non soffrire e di abituarsi al cambiamento di stagione. Continuava a sperare che succedesse qualcosa prima dell'arrivo del gelo. Aveva preso delle decisioni che non potevano essere attuate; aveva giurato di scappare ma non avrebbe mai potuto farlo.

L'inverno non ascoltò le sue speranze. Fu paziente ma non poté cedere ancora a lungo alle suppliche di un poveraccio chiuso in gabbia.

Una notte si presentò scivolando lentamente sullo zoo e arrampicandosi sulla bougainvillea penetrò nelle gabbie. Gli animali si passarono la voce. Mentre per lo zoo si andava diffondendo una strana luce metallica, per i vicoli serpeggiava un insolito brusio. Arrivò dolcissimo. Insieme a quella luce pungente si propagava una melodia pacata che infondeva tristezza e rispetto al suo passaggio.

La musica entrava e usciva dalle gabbie dopo aver accompagnato sogni più freddi.

L'ultima gabbia a essere illuminata fu quella di Marçio che, cercando nel sonno di rimboccarsi una coperta che non aveva, ebbe un brivido.

Mentre la musica e la luce uscivano dalla gabbia, Marçio si svegliò. Meditò a lungo su contratti firmati con se stesso, non rispettati e scaduti con l'arrivo dell'inverno.

La mattina seguente ammirò a malincuore la nuova stagione, fuori e dentro di sé. Era la prova della sua sconfitta; si era concesso un termine che all'inizio gli era persino sembrato esagerato. Invece non era successo nulla ed erano quasi due mesi che si trovava nella stessa identica situazione rilassato nella sua fragile superficialità. Il freddo veniva a congelare i suoi sforzi, lo avrebbe prostrato fisicamente, si sarebbe ammalato. Sicuramente lo aspettava (per l'essenza stessa dell'inverno) un periodo di meditazione e riflessione, non certo d'azione. E pensare che aveva trascorso giornate intere sprecando energie a riflettere e meditare. Gli tornò in mente la sedia elettrica e poi la visita del ministro, la scimmietta, la protesta, le pulizie, l'arrivo di Giacomo, i rapporti con gli animali, la lenta riscoperta di se stesso, il rapporto con le cose che aveva e quelle che non aveva, le stagioni, le ore, i desideri, i gorilla, i sensi di colpa, i sogni. Tutto marciva dentro quella gabbia senza nessuna speranza di uscirne. Le esperienze migliori, gli insegnamenti più importanti non li aveva appresi dalla monotonia giornaliera in cui il volo di una mosca rappresentava qualcosa di diverso, bensì dai ricordi che lentamente affioravano alla sua mente. Erano proprio i sogni le certezze di cui aveva bisogno. In quei pensieri animati ritrovava ogni volta qualcosa di intimo e familiare. Di notte le sbarre non esistevano e così nemmeno lo zoo, nemmeno il freddo, i copertoni e i gorilla che facevano l'amore. Sognava e vagava. Alcune cose diventavano sempre più palpabili e lo legavano a un vecchio mondo. Zamenhof, la sedia elettrica e tante impercettibili sfumature avevano contribuito a dargli convinzioni nuove e sicurezze inaspettate. Ma rimaneva il dubbio: procedere così per piccoli passi verso la liberazione finale oppure affrontare la situazione di forza, provocare, sbalordire, evadere? Razionalmente era convinto che con la calma avrebbe trovato la chiave per aprire quella serratura che con la rabbia e la violenza rischiava di arrugginirsi. Se fosse riuscito ad evadere non lo avrebbe fatto per protestare o per vendicarsi ma soltanto perché gli spettava di diritto: per riscoprire il mondo fuori e un nuovo mondo dentro.

Giacomo arrivò più tardi del solito. Come sempre entrò dalla stanza sul retro. Accese il fornello a gas e fece bollire il latte dopo aver aperto una scatola di riso. Questo era il cibo che Marçio mangiava più spesso; del resto quando era arrivato allo zoo gli era stata somministrata la dieta degli scimpanzé e dei gorilla.

La mattina mangiava un piatto di riso abbondante immerso in una ciotola con un litro di latte. Più tardi altro latte e yogurt, a pranzo frutta in gran quantità e per cena un pezzo di carne cruda e altra frutta. Tutte queste cose erano mischiate nella stessa scodella così come veniva fatto per gli altri animali. Soltanto con l'arrivo di Giacomo il pranzo fu trasformato anziché in un'accozzaglia di vitamine e proteine in un pasto composto da due portate.

Marçio poteva osservare i preparativi dei suoi pasti dalla finestrella che Giacomo (contrariamente al regolamento) apriva ogni mattina e lasciava aperta tutto il giorno.

"Ciao Marçio" disse osservandolo mentre si alzava intirizzito per l'arrivo dell'inverno e cominciava a pulirsi le parti del corpo che riusciva a raggiungere con la lingua.

Marçio si affacciò alla finestrella. Salutava l'arrivo di Giacomo sempre allo stesso modo.

"È arrivato il freddo. Ogni anno è così: arriva da un momento all'altro senza che ce ne accorgiamo."

Marçio al di là del vetro annuì. Le conversazioni tra di loro erano diventate molto rapide. Giacomo presto aveva cominciato a sospettare che Marçio capisse tutto. Piano piano si abituò a parlargli formulando domande semplici alle quali Marçio rispondeva con cenni delle mani e della testa. Ma non era una cosa straordinaria: le scimmie con lui facevano da anni la stessa cosa.

"Hai avuto freddo?" chiese Giacomo girando il riso nel pentolino. Marçio si strinse le braccia intorno al busto e simulò un ridicolo brivido.

"Ti ci abituerai. Tutti gli animali hanno imparato a resistere all'inverno."

Marçio col capo disse di no.

"Innanzitutto devi mangiare di più. Non avanzare il cibo. Mangia tutto quello che ti do."

Marçio capì e cominciò a disperarsi. Giacomo era l'unico che avrebbe potuto aiutarlo a superare quelle notti rigide. Ma tutto ciò che gli offriva era soltanto un po' di latte e di carne in più.

La puntualità con cui il cibo (da quando c'era Giacomo) gli veniva offerto aveva levato a Marçio lo stimolo della fame. Il mangiare era diventato una semplice distrazione per trascorrere alcuni minuti e incuriosire maggiormente la gente. Attraverso i ritmi lenti e ripetitivi dello zoo il cibo era assicurato e non bisognava cercarlo né guadagnarselo. Marçio non se ne dispiaceva e non poteva certo capire gli aspetti negativi che questo fatto provocava. Ci rimetteva in grinta e combattività, il suo stesso istinto ne rimaneva profondamente danneggiato.

Per riscaldarsi mandò giù d'un fiato il latte bollente e quando Giacomo gli richiese la ciotola gliela rifiutò stringendosela contro il petto e rubandole calore.

Giacomo sorrise. Marçio gli restituì la ciotola e abbassò gli occhi sconsolato.

"Ci si abituano anche gli uomini" continuò Giacomo.

Un'altra volta ancora Marçio si sentì mancare il terreno sotto ai piedi. Si arrampicò di corsa sull'impalcatura nella stanza esterna. Sceso dalla zattera, dopo due ore, spiò Giacomo che puliva il fornello e sceglieva la frutta per il pranzo. Per quel giorno non fece altro. Aspettò curvo, sul pavimento, che il freddo illuminasse per la seconda notte la sua gabbia. Il malumore e il dispiacere lo pizzicarono più della tramontana. Pensò tutta la notte a Giacomo e a quello che avrebbe preteso da lui.

Il giorno dopo Giacomo arrivò in perfetto orario. Marçio sorseggiò il riso col latte e si riscaldò con la tazza finché questa prese la temperatura del suo corpo. Restituì la tazza. Giacomo la sciacquò, lavò la frutta e si fermò a scrutarlo.

"Lo so che ce l'hai con me. Forse hai ragione. Ci ho pensato su per ore. Lo so che capisci quello che dico."

Marçio abbassò gli occhi. Arrossì. Giacomo proseguì:

"Ieri per la prima volta mi sono reso conto che in te c'è qualcosa di diverso, una sensibilità sviluppata oltre misura rispetto agli altri animali. E non solo questo. Alcune tue espressioni mi sbalordiscono. I tuoi sguardi parlano, amano, odiano, ringraziano, protestano, implorano. Non so cosa fare, non so cosa pensare."

Marçio si bloccò. Si avvicinò al vetro sedendosi per terra. Come un bambino si stropicciò gli occhi. I volti dei due si fermarono separati dalle sbarre a non più di trenta centimetri l'uno dall'altro. Gli occhi scuri di Marçio, come sempre, brillarono rispondendo alle parole di Giacomo.

"Marçio – disse Giacomo appoggiandosi agli spigoli della finestrella – ti prego, solo tu puoi aiutarmi a capire. Tu solo puoi aiutare te stesso. Sforzati. Continua a parlare con gli occhi".

Li serrò. Cominciò a piangere, il cuore gli stava scoppiando. Per la prima volta aveva ascoltato un invito a dichiararsi, a farsi comprendere, a rivelarsi. La mano che Giacomo gli offriva segava come burro il ferro delle sbarre. Lo scosse da un sonno lungo più di due mesi. Giacomo spalancò la finestrella, pose sul pavimento dell'altro latte caldo, ci versò dentro un po' di riso e se ne andò dall'altra parte della stanza. Ritornò con l'impermeabile sotto il braccio.

"Ci vediamo tra mezz'ora."

Poche parole avevano riacceso innumerevoli certezze, avevano spazzato via dubbi e perplessità. La fretta che aveva accumulato in settimane di detenzione evaporò di colpo. Giacomo era stato indirizzato sulla giusta via; non rimaneva che aspettare. In più non si era sforzato molto per mostrargli la sua diversità. Quindi dall'esterno era sufficiente solo un po' d'attenzione e di sensibilità. Aspettare, niente altro che aspettare.

Giacomo dopo cinque minuti tornò nella stanzetta.

"Non essere pensieroso, coraggio. Mi sono scordato la lista da lasciare allo spaccio. Sai che ti dico? Oggi ti prendo i biscotti così vediamo se ti torna l'allegria."

Prese dal tavolino accanto al fornello un foglio e una penna.

"Vedi, – disse girando il foglio verso Marçio e sillabando la parola – ti prendo i biscotti, bis-cot-ti!".

Marçio sporse la testa il più possibile dalla finestrella.

Quando Giacomo uscì nuovamente dalla stanza rimase nella stessa posizione con la testa schiacciata contro le sbarre. Inghiottì d'un fiato il latte caldo e osservò il riso impastato sul fondo della ciotola. Con calma, guardandosi intorno come se stesse compiendo qualcosa di illecito, tagliò parte dell'impasto di riso con due dita. Ne fece entrare una manciata nel palmo della mano. Si inginocchiò. Dopo averlo strizzato con l'altra mano per scolare il latte rimasto, lo fece cadere sul pavimento davanti alla piccola finestra. Lasciò andare la mano a un lento , preciso, inequivocabile movimento. La faccia gli si contrasse per lo sforzo, le vene sulle tempie si gonfiarono fino a scoppiare. Lento, lentissimo, con gli occhi sbarrati, continuò in questi movimenti impercettibili. Allargando leggermente il mignolo della mano inclinata verticalmente, lasciava cadere un po' di riso alla volta. Il riso finì. Per terra ben visibili e distinte quattro lettere, G-R-A-Z, sembravano una firma. Le guardò per alcuni secondi prima di cancellarle. Cambiò velocemente posizione sedendosi con le spalle alla finestrella. Schiacciò con forza il sedere sulle sbarre in modo da rimanere il più possibile attaccato alla parete.

Raccolse il riso da terra e ricominciò. Finite di scrivere le quattro lettere strofinò le mani parallele sul riso migliorando la calligrafia. Osservò il risultato con lo sguardo entusiasta. Giacomo avrebbe potuto leggere dal verso giusto.

Guardò la scimmietta che dormiva pensando che non avrebbe mai potuto imitarlo. Poi si congratulò di nuovo con se stesso. Le sorrise e si sdraiò in posizione obliqua in modo da coprire dall'esterno la vista di quella invenzione. Aspettò poi che Giacomo tornasse dai suoi giri e davanti al mondo fece finta di nulla.

18.

Marçio dormiva immerso nell'inverno quando fu svegliato dal cigolare pesante della porta sul retro. Fu preso dal panico convinto che lo avrebbero prelevato come due settimane prima. L'idea di non aver assolutamente nulla di nuovo da offrire ai medici lo terrorizzò. Se fino a qualche giorno prima il suo unico scopo era stato quello di spiegare con ogni mezzo la sua vera natura, adesso gli conveniva mantenere calme le acque. Quando la porta fu spalancata si fece trovare sull'attenti cercando di apparire il meno addormentato possibile. Doveva dimostrare la sua piena collaborazione e prendere tempo. Ma gli uomini che si affacciarono nella sua gabbia non erano gli stessi dell'altra volta. Erano impacciati, quasi intimoriti di trovarsi lì, si muovevano con difficoltà. Avevano il volto coperto da cappucci di lana e in mano una torcia elettrica che per un attimo lo accecò. Si schiacciò contro il muro dietro la porta per continuare a osservarli nella semioscurità. Sentì una voce soffocata:

"Vieni fuori presto!"

Fu preso da un improvviso tremolio alle gambe.

"Forza muoviti, ti dobbiamo portare via. Non possiamo perdere tempo, abbiamo i secondi contati."

Marçio si affacciò. I due si muovevano e tagliavano la gabbia con le torce. La porta era una straordinaria tentazione. Aveva sognato centinaia di volte di vederla così, socchiusa, larga tanto da permettergli di fuggire. Migliaia di volte aveva goduto dell'illusione di vederla fondere con lo sguardo. Ora era aperta e qualcuno lo stava invitando ad uscire. Con quali intenzioni? Valeva la pena rischiare ora che le cose sembravano indirizzate verso il meglio?

Non guardò in faccia gli uomini, né la gabbia, né l'inverno. Respirò profondamente e assaggiò l'aria che entrava dalla porta. Caricò il peso sulle gambe, si chinò e con un balzo uscì. I due lo avvolsero in una coperta e si richiusero dietro la porta. Lo trattennero per un gomito. Rimasero dieci minuti sdraiati per terra senza parlare aspettando che il guardiano, con la sua andatura confusa nella nebbiolina, passasse davanti a loro. A quel punto uno si rivolse a Marçio.

"Dai Marçio, ora! Di corsa fuori."

Cominciarono a correre mentre davanti a loro si distingueva la luce pallida della torcia del guardiano.

Arrivati al cancello principale continuarono a correre finché raggiunsero un angolo dove il muro era stato sostituito con la rete metallica. Le tronchesi erano ancora per terra. Uno dopo l'altro vi strisciarono sotto e rotolarono fuori. In quel preciso istante, dall'altra parte della strada, un'automobile accese fari e motore e si avvicinò. Marçio insieme a uno dei due fu fatto salire sul sedile posteriore. L'altro, mentre la macchina ripartiva sgommando, salì accanto al conducente. Cominciarono ad attraversare i viali del parco a grande velocità. Nessuno disse una parola. Marçio fu trafitto da un dolore al petto.

Appena l'auto uscì dal parco s'infilò in una strada deserta piena di semafori e negozi chiusi. Poi prese una stradina laterale e poi un'altra ancora completamente buia. Il guidatore accostò al marciapiede, scese e mentre il giovane che era sul sedile posteriore spingeva Marçio a stare accucciato, spalancò il portabagagli. Tirò fuori una sacca di tela.

"Infilati questi" disse aprendo lo sportello accanto a Marçio e gettandogli addosso dei vestiti.

Marçio aveva riconosciuto quella voce e sentì dirompere dal suo cervello una luce accecante. Giacomo lo aveva fatto fuggire e stava offrendogli abiti come quelli degli uomini.

Nessuno lo avrebbe mai portato indietro. Quando finì di pensare queste cose i due giovani avevano appena finito di vestirlo. Indossava una larga camicia di flanella scozzese a quadri rossi e marroni, pantaloni di velluto blue sfilacciati e senza orlo; nei piedi gli avevano infilato due grossi stivali deformati all'altezza delle caviglie per permettere alle sue estremità gonfie e muscolose di entrarci. Sopra a tutto gli infilarono una specie di mantella nera ricavata da qualche avanzo di tendaggio pesante. In testa gli calzarono un cappellaccio con una fantasia grigia e nera che gli scendeva fino a metà viso. Il suo aspetto non era dei più raffinati ma in quei panni impazziva di felicità.

Ripensò alla scimmietta. L'aveva lasciata sola a combattere. Ma fu solo un attimo: era un diritto godersi i primi momenti di libertà. L'auto ripartì per le strade strette della città.

Marçio fremeva: fiumi di energia accumulata per giorni, notti, settimane, mesi, cercarono di liberarsi dal suo corpo. Salendo le scale di un palazzo di periferia pensò che tra quelle mura la sua gioia non ci sarebbe mai potuta entrare. Non voleva rinunciare nemmeno a un grammo. Si trovò di fronte un ambiente dimesso e trascurato. Giacomo aprì la porta di una camera dove c'erano soltanto un letto, un tavolo di formica e una sedia.

"Entra Marçio – disse Giacomo – questa per un po' sarà la tua dimora. Non è un granché ma..."

Marçio non riuscì a trattenere due lacrimoni. Li nascose tra le mani finché scomparvero tra i peli.

La camera era meno di un terzo della sua gabbia ma sembrava migliaia di volte più spaziosa e confortevole. In realtà c'era ben poco di diverso: tutto era spoglio e semplice come allo zoo. Le pareti erano ricoperte di intonaco scrostato e ragnatele, da sciami di moscerini che dormivano e da rivoli di umidità color rame che colavano sul materasso. Raccolse altre lacrime nel palmo della mano e simulando di stropicciarsi gli occhi se le strofinò sulla faccia ricavandone una provvidenziale sensazione di freschezza.

Giacomo con un pretesto uscì dalla camera e rimase a spiarlo dalla porta socchiusa. Marçio non si trattene più: ingoiava le sue lacrime per nasconderle. Beveva la sua gioia così come migliaia di volte aveva sputato sul pavimento della gabbia la sua amarezza.

Si appoggiò al bordo del letto nella stessa posizione di quando allo zoo si preparava a dormire. Dieci minuti dopo era steso sul letto completamente rilassato. Per quella sera poteva bastare. La sua gabbia era vuota e probabilmente nessuno ancora lo stava cercando. Giacomo rientrò dopo pochi minuti. Aveva un lenzuolo piegato e una coperta color cammello.

Marçio si alzò e con gli occhi umidi si affacciò alla finestra disegnando sul vetro appannato alcune righe incomprensibili. Guardò sotto fissando i particolari: un bidone della spazzatura, un cartellone pubblicitario, la linea bianca dell'asfalto, una motocicletta. Di tutto intuiva perfettamente l'uso. Appoggiò un fianco al termosifone ignorando Giacomo che stava preparandogli il letto.

"Marçio, amico mio, – disse rimboccando la coperta – ormai siamo in ballo. Che Dio ce la mandi buona".

Marçio respirò con forza con il naso pieno di lacrime. Con un dito continuò a ricalcare le righe di vapore sulla finestra.

"Ti chiederai perché l'ho fatto. Te lo dico subito. Non ho mai avuto la convinzione che lo zoo fosse un campo di prigionia. Gli animali non sono sempre a loro agio, è vero, ma con gli anni ho cercato di far accettare lo *stato di detenzione* come un semplice cambiamento del loro ambiente naturale. Non sempre ci sono riuscito. Ma non mi sono mai sentito odiato. Nessun animale si è mai ribellato. Anzi molti, tutto sommato, vivono bene. Non pretendono niente di più. Questo ha permesso che tutto filasse liscio per anni. Ma vedi, con te dal primo giorno è stato tutto diverso. Ti sei aggrappato a me con i tuoi problemi e la tua disperazione. Contrariamente agli altri animali non cercavi la mia stima, la mia amicizia, la mia presenza, per ottenere semplici vantaggi materiali. Il tuo continuo peregrinare tra le emozioni anziché tra le scodelle di cibo mi ha sconcertato. Poi, poco dopo, ho capito che le mie parole, qualsiasi cosa dicessi, erano da te interpretate alla perfezione. Ti ho teso piccoli tranelli per capire se per te erano chiare cose e parole che non avresti mai potuto conoscere. Allora ho intuito che in te c'è qualcosa di grande, di profondo, di sensibile e misterioso che va molto al di là di quel misero zoo e della foresta dove ti hanno trovato. E infine hai scritto."

Anche Giacomo aveva gli occhi umidi e parlava con difficoltà.

Marçio gli si avvicinò con gesti ed espressioni ancora più umane.

"Ma c'è un'altra cosa che ti devo dire, – proseguì Giacomo – ho deciso di agire questa notte invece di aspettare perché ho saputo che tramite il direttore dello zoo, presto, prestissimo, forse domani stesso, i medici che ti fanno prelevare di notte avrebbero ottenuto il permesso di visitarti ufficialmente. Questo li avrebbe autorizzati a trattarti come una cavia. Avrebbero potuto fare i loro controlli e persino i loro esperimenti alla luce del sole ricevendo il plauso di tutta la scienza".

Marçio strinse con un brivido la coperta.

"Avresti dovuto subire per mesi. So come funzionano queste cose. Prima o poi, spremuto come un limone, quando non avresti avuto più nulla da dare, nemmeno alle casse dello zoo, ti avrebbero venduto a qualche circo, chissà forse in America."

Marçio continuò a essere percorso da fremiti. Capiva che libertà non era non vedere il cielo sezionato dalle coordinate delle sbarre o aver visto qualcosa della città, nemmeno evitare altre operazioni alla testa, esami, analisi e frustrazioni, nemmeno ascoltare le parole di Giacomo. Libertà era prima di ogni altra cosa sentire qualcosa di diverso nei polmoni. Era respirare e poter trattenere a lungo l'aria dentro di sé.

"È tutto, – disse Giacomo sospirando dopo alcuni attimi di silenzio – questi sono i motivi per cui ti ho aiutato. So benissimo di non essere stato chiaro né di aver detto tutto. Ci sono cose che rifiuto di pensare e non ti dico, almeno per ora. Credimi, sto facendo uno sforzo sovrumano per capirti e capirmi. Devi sapere comunque che stiamo rischiando: tu il futuro, la tua vita, la tua maturità. Io rischio di affrontare quello che fino a due ore fa hai subito tu".

Marçio aveva capito. Non gli era sfuggita nemmeno una sfumatura di quel discorso. Senza distrarsi aveva controllato gli sforzi del suo corpo per ringraziarlo come avrebbe voluto. Ma quando Giacomo gli fu accanto, Marçio gli prese la mano ricevendone un calore diverso da quello dei termosifoni che aveva appena scoperto. Afferrò con l'altra mano il viso dell'amico e lo baciò con forza. Giacomo cercò di districarsi ma fu schiacciato con la schiena sul letto mentre Marçio gli alitava a pochi centimetri dalla bocca. Lo leccò ovunque. Giacomo reagì con violenza e menò alcuni pugni alla cieca. Gli strappò dalla testa peli e capelli, lo morse sul collo. Marçio mollò la presa nell'istante in cui i due giovani precipitarono nella stanza. Si appoggiò alla finestra: le linee di vapore disegnate sul vetro erano diventate sbarre. Per strada le cose che prima gli si erano rivelate simboli della sua libertà ora apparivano quello che in realtà erano: semplici accessori, immobili e anonimi, senza importanza.

"Lasciateci soli" rispose Giacomo ai ragazzi quando gli chiesero se avessero dovuto prendere delle corde. Giacomo si pettinò e si infilò la camicia nei pantaloni. Facendosi forza sui gomiti si lasciò scivolare sul pavimento.

"Se vuoi vivere in mezzo agli uomini devi imparare a controllarti. Ci sono regole e leggi da rispettare. Se da un lato godrai di molti giovamenti per la tua nuova condizione, dall'altro presto rimpiangerai alcune libertà che allo zoo non sei stato in grado di apprezzare."

Marçio annuì, non era un rimprovero.

"Scordiamoci quello che è successo. Considera il tuo gesto come la prima lezione. Prima lezione allora: abbandona l'istinto nel manifestare le tue emozioni. In gabbia potevi farlo ma qui non provarci mai. Se al mio posto ci fosse stato qualcun altro non sarebbe finita così: avresti corso seri pericoli, saresti andato incontro a un tipo di reclusione molto più pesante di quella che conosci. Molte regole sono racchiuse in un capitolo che noi chiamiamo amicizia. Non c'è collegamento tra amicizia e amore. Tra persone dello stesso sesso come siamo io e te avviene di rado. Le eccezioni, ricordalo, da questa parte della gabbia non sono il contrario delle regole. Servono semmai come appendici di queste, esistono per confermare, rafforzare le regole stesse."

Marçio rimase ad ascoltarlo accanto alla finestra. Ripensò alla vita passata nella gabbia dei gorilla. Si sforzava di capire se le cose che vedeva per strada dopo la prima lezione fossero cambiate. Ma il bidone della spazzatura, le strisce sull'asfalto, le auto e la motocicletta, il cartellone pubblicitario, erano sempre uguali. Riguardavano altre lezioni e altre materie.

Giacomo si alzò sistemandosi i capelli.

"Ora devo andare, abbiamo bisogno di riposare. I ragazzi rimangono qui a controllare che tutto vada bene e che tu non abbia bisogno di nulla. Verrò domani pomeriggio. Domattina devo andare. allo zoo per non destare sospetti. Buona notte.

Si avvicinò a Marçio e gli fece una carezza sulla nuca. Fermò un attimo la mano tra i capelli e gli scrollò il capo. Marçio continuò a guardare fuori e con la coda dell'occhio seguì l'amico. Cominciò a piangere di nuovo. Le lacrime che si affacciavano ai suoi occhi trasformavano le poche luci della casa di fronte in confuse stelle sfocate.

Nel momento in cui Giacomo era quasi scomparso dietro la porta, Marçio urlò colpendo con forza il vetro della finestra. Giacomo rientrò mentre Marçio contraeva i muscoli della faccia in uno sforzo sovrumano. Respirava con affanno, le braccia gli tremavano. Giacomo fece per avvicinarsi. Marçio alzò una mano e gli indicò di fermarsi; guardò per terra per mascherare il fiume di vergogna che gli scorreva sul volto. Si asciugò le lacrime. Aprì la bocca, sputò la bava, mostrò i denti bianchissimi incorniciati da un sorriso incomprensibile. Si passò un dito sulle gengive.

"Grazie" balbettò, sillabando la stessa parola che aveva scritto col riso.

Giacomo si appoggiò alla parete incapace di muoversi. In quello stesso istante Marçio crollò per terra. A quattro zampe riuscì a trascinarsi fino al letto. Svenne. Tremando rimase così per tre giorni e tre notti. Ma la sua mente aveva già ripreso a occupare in lungo e in largo tutti gli spazi che le emozioni di quella sera avevano guadagnato. Pensò a Giacomo e alla scimmietta.

"Per le nuove regole dovremo essere soltanto amici. Così sarà."

Ma l'importante era che Giacomo non lo avesse rifiutato perché proveniva da un mondo diverso. Lo zoo era ormai un pianeta lontano con un'orbita più lenta e più silenziosa di quella umana: aveva parlato e in gabbia non avrebbero più potuto portarcelo.

19.

La fuga di Marçio scoppiò più devastante di una bomba. I giornali triplicarono le vendite. Lo zoo si riempì di migliaia di persone che rovistavano ovunque in cerca di indizi. Come durante la prigionia il dramma di Marçio diventava un colossale giro di affari.

Megalomani e sciacalli impazzirono. In un solo giorno commissariati, questura, vigili del fuoco, carabinieri e protezione civile ricevettero più di mille chiamate da chi giurava di averlo visto. Si nascondeva tra i cespugli del parco, si aggirava nudo fuori da una scuola, timido e disperato faceva shopping nei negozi del centro. Invece Marçio stava dormendo da quasi due giorni.

Ci furono indagini, interrogazioni parlamentari, sondaggi di opinione. Si mise in moto un'inchiesta della magistratura per accertare se il direttore dello zoo o qualche altro avessero delle responsabilità. Nessuno sostenne la tesi più semplice: un essere che non apprezzava quel tipo di prigionia aveva alla prima occasione tagliato la corda.

La mattina seguente Giacomo fu convocato in questura. Il suo stato d'animo non era dei migliori mentre, all'interno di una stanza completamente spoglia, aspettava di essere ricevuto. Fu fatto entrare in un'altra stanza dove il commissario e due funzionari stavano ascoltando alcune telefonate registrate. Trovò un'aria del tutto ostile. Poco più tardi capì che la diffidenza che serpeggiava nell'ufficio dipendeva unicamente dalle difficoltà che la polizia aveva nel trovare una pista che permettesse di prendere tempo con la stampa. In realtà lo avevano convocato solo per avere un aiuto, una banale informazione, per raccogliere qualche dettaglio.

I tre poliziotti avevano l'aria disperata. Giacomo si accomodò su una sedia con una gamba più corta. Il commissario parlò per primo.

"Signor Giacomo, da quanto ne sappiamo, lei è quello che dal giorno della, diciamo così, scoperta conosce meglio Marçio. Si dice che negli ultimi tempi avesse con lei un rapporto abbastanza sincero. È vero che da quando è arrivato lei Marçio non ha più avuto atteggiamenti di ribellione?"

Giacomo non era ancora convinto che quegli uomini volessero da lui solo delle informazioni. La frase d'esordio del commissario poteva essere interpretata in molti modi. Prese tempo cercando di capire cosa rendeva instabile la sedia. Aggirò la domanda rispondendo deciso.

"È vero. Qualche tempo fa, poco più di tre settimane, una sera mi telefona il direttore dello zoo e mi chiede se ho sentito parlare di Marçio. Gli rispondo che è impossibile non averne sentito parlare dal momento che già da un mese e mezzo giornali, radio e televisione non parlavano d'altro. Ma non ero andato a vederlo. Avevo visto qualche foto sui giornali e poche immagini alla televisione."

"Bene. Sia preciso il più possibile, – lo interruppe il commissario – cosa le disse il direttore?".

"Mi disse che Marçio era l'ospite, come dice lui, più particolare che fosse entrato in uno zoo. Subito dopo mi fece capire che era di vitale importanza per la nostra città. Avevano bisogno di una persona fidata ed esperta nel trattare con un animale che presentava notevoli difficoltà di ambientamento e di cui non si conosceva nulla. Insomma per Marçio occorreva una sorveglianza speciale. Cosa vuole, ho lavorato più di venti anni allo zoo."

"Quali sono gli animali con cui ha avuto a che fare?" domandò il commissario arrotolandosi un baffo intorno a un indice. Era un uomo sulla quarantina solo in apparenza deciso e inflessibile. Privo di capelli cercava di supplire a questa mancanza mostrando tutto ciò che aveva di peloso: si era fatto crescere due lunghissimi baffi alla mongola e sotto la camicia aperta fino a metà petto mostrava con soddisfazione un folto cespuglio di peli. Quando i baffi erano stanchi dei massaggi, le sue dita scendevano in basso e cominciavano a roteare intorno ai capezzoli.

"Le scimmie. In particolare i gorilla. Mi sono rimasti affezionatissimi."

Giacomo ebbe l'impressione di aver detto qualcosa di troppo. Cercò di correggersi.

"Intendo dire che ogni volta che mi vedono sono contenti; le dico questo per farle capire che ho raggiunto un ottimo grado di intesa con gli animali. Svolgevo, anzi svolgo, anzi scusi, ormai posso dire di nuovo svolgevo, il mio lavoro con grande passione; gli animali vanno capiti, non sono mai cattivi né stupidi."

Gli altri due prendevano appunti. A un'occhiata del commissario si fermarono.

"Ritiene, signor Giacomo, che il direttore abbia chiamato lei anziché altri per la sua dimestichezza con le scimmie?"

La sedia gli creò di nuovo delle difficoltà.

"Credo proprio di sì. Può chiederlo a lui."

"Bene la ringrazio. L'ho fatta convocare per questa ragione: deve dirci quello che sa su Marçio, sul suo comportamento e tutto quello che le viene in mente a proposito: dubbi, certezze, sospetti. Tutto. È un caso anomalo. Glielo dico sinceramente: non sappiamo dove sbattere la testa. Meglio un omicidio, c'è sempre un movente. Meglio una rapina, un furto, un sequestro di persona: le indagini partono e arrivano sempre allo stesso modo. Meglio centomila truffe, droga o violenze carnali: lì cerchiamo degli uomini. Ma stavolta è diverso. Come faccio a incastrare un animale? Sono un cacciatore di uomini io, non di bestie."

"Talvolta non c'è poi una grande differenza" disse Giacomo.

Le parole del commissario a Giacomo e alla sedia sembrarono un nuovo tranello. Pensò per un istante a Marçio e al suo sonno profondo.

"Certamente, – continuò Giacomo con voce ferma – un animale. Cosa altro?".

"Vede – proseguì il commissario – si può rapire un cavallo da corsa che vale milioni, oppure un uccello esotico, un maniaco potrebbe impadronirsi di un serpente velenoso per ricattare qualcuno, ma insomma... Marçio? Che vantaggio può dare nasconderlo? Di Marçio, almeno per ora, ne esiste uno solo. Perché rischiare? Sono convinto che chi l'ha fatto fuggire non l'ha fatto per denaro".

"Davvero non saprei" rispose Giacomo. Fece una pausa, tirò un respiro profondo e proseguì "Perché ritiene che Marçio non sia riuscito a scappare da solo, non avete trovato il lucchetto sfondato?".

"Questo non significa nulla" rispose il commissario mentre cambiava cassetta al registratore su cui impressionava le parole di Giacomo. "Vorrei – continuò – che lei mi aiutasse. Quando uscirà di qui io dovrò avere le idee più chiare. Lei è l'unico appiglio che ho per non essere sputtanato davanti all'opinione pubblica".

Tirò fuori dal cassetto un mucchio di giornali.

"Guardi qui: vignette, titoli, battute; sembra che prenderci in giro sia l'ultima moda. Guardi questo disegno: questo è Marçio, vestito da Sherlock Holmes che è sulle mie tracce. Questo sono io: perché calvo? Qualche capello ancora ce l'ho."

Giacomo gettò un'occhiata sui giornali mascherando un sorriso soddisfatto. Chinò il capo per controllare la gamba della sedia. Il commissario ingoiò emozione e rabbia e fissò Giacomo implorandolo.

"Insomma – sottolineò Giacomo – se ho capito bene lei vuole sapere da me dove potrebbe nascondersi Marçio o dove avrebbero potuto nasconderlo. Mi sembra un po' troppo commissario".

"Lo so, lo so. Ma la prego, continui a parlarne. Quale potrebbe essere la reazione di Marçio di fronte alla libertà?"

"Commissario Marçio è un animale estremamente intelligente. E non sono solo io a dirlo. È furbo e riflessivo. Saprà come comportarsi per non farsi catturare di nuovo."

"Crede che abbia bisogno di qualcosa? Che lui o quelli che lo proteggono abbiano bisogno di qualche cosa di particolare, per esempio cibo, medicine?"

"La mia impressione, signor commissario – lo interruppe Giacomo constatando come quell'uomo pendeva dalle sue labbra – è che Marçio potrebbe vivere a lungo fuori dallo zoo senza troppe preoccupazioni. Ha una capacità di apprendimento fuori dal comune. Nonostante il rifiuto della gabbia, credo che abbia una illimitata capacità di adattamento, sicuramente al di sopra della nostra.

"Cosa intende dire?"

"Che non so dove e come suggerirle di cercarlo. Per quanto mi riguarda, beninteso che è un'opinione del tutto personale, Marçio potrebbe vivere a lungo e ovunque. Si troverebbe a suo agio in una cantina umida e buia così come in un lussuoso appartamento. Oppure sotto un ponte, o in campagna, o nascosto in qualche bosco, in una grotta. Del resto prima di essere chiuso allo zoo viveva così pare…"

"Cosa significa pare?"

Giacomo poco alla volta stava riuscendo a non far considerare Marçio come un nemico o un delinquente. La sedia gli suggerì di temperare l'atmosfera troppo seria.

"Lei lo ha visto allo zoo?" chiese Giacomo.

I due funzionari che stavano registrando e prendendo appunti riposarono i polpastrelli.

"Si immagini che ero andato allo zoo insieme a mia moglie e a mia figlia domenica scorsa, due giorni prima dell'evasione. Ma non siamo riusciti ad avvicinarci alla gabbia per quanta folla c'era. Stava dicendo?"

Giacomo traballò nuovamente sulla sedia. Questa rispose scricchiolando. Avrebbe voluto rivelare al commissario cosa realmente pensava di Marçio ma lo avrebbe sicuramente insospettito.

"Mi permetta di risponderle con un'altra domanda commissario: lei sa che due giorni dopo la fuga Marçio sarebbe stato sottoposto a una serie massacrante di esami medici ufficiali? Dico ufficiali perché per vie indirette penso sia già stato terra di conquista per medici e ricercatori. Non mi chieda le prove perché sono solo sensazioni. Certe mattine era impaurito, intontito, forse drogato, assente."

Finalmente il commissario respirava parole interessanti.

"Continui."

"Comunque sia, le ripeto, questa volta sarebbero stati esami ufficiali, regolarmente approvati e autorizzati a livello politico. Sarebbe stato meglio definirli esperimenti piuttosto che esami medici."

"Vuole dire che se Marçio avesse intuito in qualche modo queste cose avrebbe cercato di scappare?" chiese il commissario che per la prima volta vedeva una pallida luce illuminare il buio totale. Continuava a torturarsi il petto strappandosi peli senza una smorfia.

"Credo di sì" rispose Giacomo avendo la sensazione di riuscire a trascinarlo per il bavero della giacca.

"Credo di sì – ripeté – ma come avrebbe fatto a capirlo? Dovremmo accettare il fatto che lo avesse... Non mi viene la parola".

"Si sforzi, trovi la parola" disse il commissario, illudendosi di metterlo sotto pressione.

"Se proprio devo dirne una direi, ecco sì, direi *sentito*, potrebbe averlo sentito."

"Questa è fantascienza, un caso di fantascienza. Se ne rende conto?"

L'atmosfera era finalmente meno tesa. Giacomo avvertì di essere riuscito a manipolare il commissario.

"Giacomo, voglio chiederle ancora qualcosa. Mi chiarisca alcune sue frasi oltre l'ultima: lei ha usato parole come immaginazione, sensibilità. Parole che male si addicono a una bestia."

Fermò il registratore. Andò avanti e indietro più volte col nastro. Dal registratore uscì la voce di Giacomo.

"...sotto un ponte o in campagna, vivendo in qualche bosco, in una grotta... Del resto prima di essere rinchiuso allo zoo viveva così pare..."

Il commissario fece di nuovo scorrere il nastro e preparò una nuova frase.

"Ascolti" disse.

Il registratore continuò a imitare la voce di Giacomo.

"...per vie indirette sia già stato terra di conquista per medici e ricercatori... non mi chieda le prove..."

Il commissario con un gesto brusco bloccò il nastro. Per la prima volta abbandonò i peli riabbottonandosi la camicia.

"Non le chiedo prove, le chiedo solo una spiegazione: cosa sono questi dubbi, queste frasi sibilline?"

"Sarò sincero, commissario, – affermò Giacomo – sono stato quasi un mese accanto a Marçio e posso assicurarle che a prescindere da ciò che si è detto, scritto e sentito, c'è qualcosa in lui di veramente misterioso. Si è chiesto come mai mi hanno ripreso in servizio affidandomi il compito di sorvegliarlo e soprattutto di capirlo? Solo perché davanti alla sua gabbia scorrevano fiumi di soldi? No, non solo".

Il commissario rimase ipnotizzato da queste parole e dal tono di Giacomo. Ascoltandole si sciolse come un cubetto di ghiaccio accanto a una stufa. Soffiò su alcuni peli che aveva posato sul bordo della scrivania.

Giacomo continuò:

"Mi è sembrato tutto molto strano sin dall'inizio. La versione del ritrovamento e il suo annuncio quando Marçio era già allo zoo. Inoltre è stato tenuto sotto controllo da un gruppo di persone che si sono alternate per lunghi periodi fuori dalla gabbia senza smettere di fissarlo un attimo. Medici immagino. Ma anche studiosi di altre materie, antropologi, tutta gente che vedeva in Marçio una fonte di studio e di analisi. Erano sempre le stesse persone, le stesse facce. Marçio come fenomeno da baraccone apparteneva a tutti ma scientificamente è stato un privilegio di pochi. E questo nonostante, e lei stesso può confermarlo, il grosso impatto che ha avuto sull'opinione pubblica. C'è qualcosa di poco limpido in tutto ciò."

"Certo, l'opinione pubblica, – ribatté il commissario – sembrano tutti impazziti. Ma che succede? Più le ore passano, più se ne parla. Si fanno sempre più strane congetture e mi mettono nei guai. Cosa c'è di così strano in quella bestia da far impazzire la gente? Stamattina ha telefonato una donna che giurava di averlo visto mentre violentava un ragazzino. Un altro ieri lo ha visto mentre si divertiva a spaventare la gente alla guida di un'auto di grossa cilindrata. Non c'è da scherzare: è nata la *sindrome di Marçio*. E credo di esserne rimasto colpito anch'io. Non ci dormo la notte: mi sto convincendo che dietro a Marçio ci sia addirittura una lotta tra spie, servizi segreti, potenze straniere. Un *affaire* con tutte le carte in regola e le sue parole me lo confermano. Sto diventando pazzo".

Per la prima volta in due giorni il commissario aveva trovato qualcuno, oltre ai suoi peli, con cui sfogarsi. Non poteva immaginare che era la persona meno indicata per farlo.

"Signor commissario – disse Giacomo dopo aver atteso la fine del discorso – spero di esserle stato utile. Se non ha altro da chiedermi dovrei andare. Sono naturalmente a disposizione per qualsiasi cosa".

Si alzò, sistemò la sedia accanto alla scrivania e lo ringraziò. Per qualche minuto, rimasto solo, il commissario si massacrò un baffo.

20.

Il caso Marçio tenne banco per molti giorni: non solo perché era il classico giallo di cui era impossibile prevedere le conclusioni ma soprattutto perché, come sempre in questi frangenti, ognuno poteva dire tranquillamente la sua. I diritti civili, l'evoluzione della specie, le libertà personali, la tolleranza, l'ecologia, tutto ormai faceva capo a Marçio.

I giornali uscivano con due edizioni e titoli a tutta pagina. Riferivano sulla vicenda milioni di particolari divorati da lettori pronti a fagocitare le storie più spudoratamente inventate. Se una voce gridava alla moderazione veniva subito zittita da titoli più marcati e notizie ancora più false. Marçio continuava a essere una miniera d'oro. Progressisti e libertari parteggiavano apertamente per il fuggitivo. Ma Marçio soprattutto aveva nemici: non solo gruppi di potere che avevano interesse a vendere giornali, pubblicità, biglietti dello zoo, ma anche quelli che difendevano al di sopra di ogni altra cosa le prerogative degli uomini (e nemmeno di tutti).

La libertà di Marçio, quella libertà, era una provocazione. Gruppi spontanei di ricerca perquisivano case e compilavano liste di sospetti.

Gli scontri verbali (ce ne furono anche di fisici tra gruppi di opposte fazioni) col passare dei giorni divenivano più violenti. Era impossibile non schierarsi con una parte o con l'altra, non si accettavano posizioni concilianti. Tutt'al più era possibile a seconda delle nuove notizie, cambiare partito senza troppe difficoltà.

Nel suo sonno profondo Marçio non avrebbe mai potuto immaginare che tutto ciò che succedeva fuori da quell'appartamento lo coinvolgeva. La sua fuga aveva innescato una rivoluzione senza precedenti. In soli tre giorni cinquantamila persone, molte delle quali non si erano mai interessate a lui, sfilarono in contemplazione davanti alla gabbia vuota. E nonostante Marçio non ci fosse più, quella gabbia traboccava di cose: idee, pregiudizi, parole, discussioni, leggi, lucchetti più o meno sicuri, interviste, speranze e censure. Insomma, la gabbia era un grande specchio che rifletteva, anzi bombardava i visitatori con la confusione di quei giorni.

L'inverno, amico di Marçio, continuava a bagnarli con una leggera ma continua pioggerellina mista di acqua e insicurezza.

Marçio si risvegliò con la sensazione di aver dormito trent'anni. Riaprì gli occhi all'alba del quarto giorno, di domenica, e trovò Giacomo al suo fianco. Molti dei peggiori ricordi delle ultime settimane allo zoo erano stati cancellati. Continuava a piovere. La pioggia era diversa; Marçio poteva permettersi di rimanere affacciato alla finestra e scoprirla, fresca e delicata. Lo aiutava a riflettere e a provocare la fantasia. Ancora una volta, il caldo e il freddo, la fame e la sete, il sonno, erano i termometri della sua indipendenza.

Quel giorno lo passò completamente in silenzio. Giacomo gli chiese se si ricordava di aver parlato. Rispose con un cenno di sì.

Dormendo aveva visto in un angolo, accanto al termosifone, un sacco pieno di parole. Gli sembrò talmente grande che pensò non potesse finire mai. Ma l'abitudine che aveva acqui-

sito di dare il giusto valore a tutte le cose, gli fece temere subito dopo appena un grazie, di poter rimanere presto con il
sacco vuoto.

"Se mi dovessero catturare – pensò – avrò bisogno di un
mucchio di parole per non ritornare allo zoo".

La mattina seguente, dopo essere tornato dallo zoo, Giacomo gli chiese di parlare, di dire ciò che pensava.

"Non puoi rimanere in eterno su questo letto. Presto ti
sentiresti come in gabbia. Non rilassarti sulle comodità che
hai ottenuto scappando da quella cella. Faresti lo stesso errore di chi ti ci ha voluto mettere. Hai un grande vantaggio:
in questo momento non puoi essere raggiunto da niente e da
nessuno."

"Sono pronto" disse tranquillamente Marçio. Giacomo si
impressionò di fronte alla naturalezza di quelle due parole.
Poi pensò che Marçio, con la sua intelligenza rapida ad assi-
milare qualsiasi novità, avrebbe potuto scappargli di mano.

"Cercherò di non influenzarti. Ti insegnerò lo stretto necessario per consentirti di uscire da qui, di andare in giro, di
vivere da solo. Per il resto sarà la tua natura, qualunque essa
sia, a insegnarti quello che dovrai fare e pensare."

Marçio con un dito seguiva le serpentine delle perle di
pioggia sulla finestra. Le gocce grandi seguivano quelle più
deboli e dopo averle raggiunte le catturavano. Una goccia ancora più grande riprendeva la corsa fino a raggiungerne un'altra. Erano come le parole di Giacomo che si rincorrevano
dentro di lui e si gonfiavano profonde, piene di significato.
Adesso la pioggia gli piaceva proprio.

Giacomo gli insegnò a usare il denaro, ad attraversare la
strada, a procurarsi il cibo in una grande città; gli indicò le
strade e le zone in cui sarebbe stato pericoloso passare; gli
spiegò come aiutare gli altri, come difendersi e prevenire le
provocazioni.

Gli chiarì che cosa è il lavoro e come in base al lavoro dovesse considerare il riposo. Gli spiegò che il mangiare per gli
uomini, non per tutti, non è solo un bisogno fisico ma un
piacere, uno svago e talvolta una raffinatezza. Gli parlò dell'a-

more e delle leggi che lo regolano non evitando di tornare su quanto era successo tra loro. Ma Giacomo alla fine di quella lezione, vedendolo confuso, gli chiarì che molte di quelle leggi erano rispettate dagli uomini solo a parole. Quando c'era l'opportunità quasi tutti se ne scordavano.

Poco alla volta passarono ad argomenti più complicati. In tre settimane Marçio divenne padrone della lingua. Scriveva alla perfezione e imparava le lezioni a memoria. Chiuso nella sua stanza imparò ad assumere toni di voci ed espressioni appropriate ai discorsi e alle varie occasioni.

Avvertì i miglioramenti anche nei sogni: si sentiva sicuro e diverso, pieno di cose buone da dare e ricevere. Per la prima volta la sua mente vagò attraverso posti tranquilli. Avrebbe voluto risognare la sedia elettrica e l'ufficio di Zamenhof. Sapeva come si viveva in due mondi differenti. Alcune volte, quando si poneva il problema di come guadagnarsi da vivere, pensò che avrebbe potuto tirare avanti vendendo esperienza. L'avrebbe messa in sacchi simili a quello delle parole: esperienza per uomini e donne, per uomini che credevano di essere animali e viceversa, per giovani, bambini, esperienza per vecchi, per neonati o per moribondi, per sicuri e insicuri, buoni e cattivi, per condannati e assolti, esperienza per tutti e a buon mercato.

Imparò a scrivere in corsivo e in stampatello. Provò persino a scrivere una storia per bambini ma non trovando un finale soddisfacente ci rinunciò. Passava le sue giornate copiando pagine intere di giornali, trovava con facilità rime e sinonimi. E ogni sera prima di addormentarsi pensava alla scimmietta.

Dopo un mese, euforico ed emozionato, era pronto per la prima uscita. Giacomo aveva invece tutti i motivi per essere preoccupato: le polemiche per la fuga ancora non si erano placate e i giornali e la televisione continuavano senza pausa a trattare l'argomento.

L'opinione pubblica contrariamente a quando le notizie erano guerre, carestie, disastri, scandali e incidenti, sembrava voler continuare a essere bombardata da oceani di notizie.

Giacomo sapeva bene che Marçio in quei giorni aveva imparato migliaia di cose ma soltanto allo stadio teorico. Non poteva immaginare come avrebbe reagito alla vera libertà. Temeva che avrebbe potuto, una volta fuori, perdere il controllo dei nervi.

Marçio appena alzato si fece la doccia e si insaponò inondandosi con un profumo che gli aveva regalato Giacomo. Cominciava ad essere vanitoso e questo era uno dei segnali del lento ma costante avvicinamento agli uomini. Preparandosi godeva della sua nuova immagine allo specchio. Con i pantaloni di velluto marrone, la camicia beige a maniche larghe, il pullover rosso prugna a quadri e l'impermeabile con il bavero alzato si piaceva. Giacomo gli aveva tagliato i peli sulla faccia e le unghie.

"Ricordati che non ti seguirò."

"Stai tranquillo" rispose Marçio staccandosi la tazza del tè dalle labbra e pulendosi arrotolando la lingua intorno alla bocca.

"Stai tranquillo. So alla perfezione ciò che devo e ciò che non devo fare."

"Mi raccomando – disse Giacomo – oggi pomeriggio alle sei in punto devi essere di nuovo qui. L'indirizzo lo sai. Non ti allontanare troppo. Ti prego: non farmi stare in pensiero. Sto rischiando e lo sai".

Marçio si alzò afferrando due biscotti. Girò due volte intorno al tavolo.

"Ti ripeto, amico mio, stai tranquillo. Tornerò anche prima, rimarrò qui intorno. Ho sempre tempo per divertirmi."

"Va bene, la smetto con le raccomandazioni – proseguì Giacomo – ma ricorda le cose più importanti".

Marçio alzò gli occhi al soffitto.

"Non fermarti a parlare con nessuno, evita i luoghi più affollati, non andare dalle parti dello zoo. Insomma considera l'uscita di oggi come la prova generale di quelle future."

"Va bene, va bene" rispose Marçio scocciato. Tornò in camera e prese dall'armadio un grosso cappello che doveva coprirgli la testa quasi per intero.

"Devo metterlo per forza il cappello?" gridò a Giacomo nella stanza accanto.

"Stai scherzando? – rispose Giacomo – pretenderesti di andare in giro senza cappello? Sei impazzito?".

"Lo metto, lo metto" disse sbuffando.

Gettò il cappello sul letto e cominciò a pettinarsi davanti allo specchio. Giacomo entrò nella stanza fissandolo incuriosito, rifacendogli il verso.

"Ricordati che non devi farti vedere da nessuno. Questi preparativi sono inutili. E poi impara anche questo: non si mette mai il cappello sul letto. Porta sfortuna. Non possiamo permettercelo."

"Non capisco – rispose Marçio continuando concentrato a pettinarsi – dove sta scritta questa stupidaggine? Chi ha deciso queste cose? C'è qualche uomo che ha il compito di studiare da dove viene la sfortuna?".

"Non ricominciare con la tua logica. Nessuno né decide né studia queste cose. È solo questione di superst... no, lascia perdere. Diciamo così, consuetudine, anzi tradizione. Va meglio così?".

Marçio raccolse il cappello e rigirandolo se lo passò più volte tra le mani.

"Pensavo – disse – che la consuetudine e la tradizione fossero tutt'altra cosa.

"Sono anche queste cose, te lo assicuro."

"Hai mai provato a tenere qualche giorno il cappello sul letto per vedere quali disgrazie ti fossero capitate?"

"No di certo" rispose Giacomo.

"E qualche altro uomo lo ha fatto?"

"Che ne so io! – esclamò Giacomo infastidito ma compiacendosi per la linearità dei ragionamenti di Marçio – Fammi un piacere: non mettere più il cappello sul letto e basta. D'accordo?".

Ormai Marçio era pronto per uscire sovrastato dal cappello a falda larga portato leggermente sulle ventitré. Era passata un'eternità da quando una mattina in una conferenza stampa era stato annunciato al paese e al mondo intero che in una sperduta foresta del Nord era stato scoperto e catturato uno strano essere che aveva molte cose in comune con l'uomo ma la cui appartenenza al mondo animale era inequivocabile. Adesso era preparato ad affrontare il mondo civile, sua maggiore aspirazione, scopo della sua prigionia, della sua stessa esistenza. Era disposto a gettarsi anima e corpo nella baraonda che ogni mattina per quattro interminabili settimane aveva visto dalla finestra. Segreti, novità e delusioni lo aspettavano.

L'emozione gli fece dimenticare di salutare Giacomo che non poté trattenere una lacrima. Dalla finestra lo vide uscire dal portone e planare in mezzo alla folla. Aspettò che girasse dietro l'angolo per scolarsi d'un fiato un bicchiere di whisky. Trovò la bottiglia quasi vuota.

Poco dopo il sapore amaro di quel lacrimone gli tornò su insieme all'alcool. Allora si buttò sul letto dove per giorni e giorni Marçio lentamente aveva imparato a essere uomo.

21.

La mattina che Marçio uscì di casa per la prima volta non aveva mai sentito parlare di Darwin, Lamark, Wallace ed Ernst Mayr. Né sapeva nulla di geologia, zoologia, morfologia o anatomia comparata. Né tantomeno sapeva cosa fossero l'embriologia o la biogeografia: nomi e scienze scomodate per illustrare il suo caso o almeno per cercare delle indicazioni.

Marçio si era sempre considerato un particolarissimo caso umano e non un dilemma scientifico. Reso sicuro dalle lezioni del suo maestro, pensava soltanto a come inserirsi da uomo in mezzo agli uomini. Non si considerava più il prodotto di un azzardato esperimento scientifico né il risultato di un incrocio simile a quelli che sposano un fagiolo a una patata o un pollo a un coniglio.

Camminò tranquillo senza meta, il suo scopo era solo girare, camminare il più possibile. Scelse le strade da seguire in base all'affollamento che scopriva a ogni angolo. Si sentiva sicuro. Gli dava soddisfazione cambiare passo per trovare quello più adatto. Prese ad esempio il modo di camminare di chi si trovava avanti.

Fissava una persona che gli sembrava interessante, ne studiava le mosse, poi la seguiva imitandola per un lungo tratto finché non ne incontrava una che lo attirava di più. Andò avanti con questo sistema per molti chilometri avendo cura di non allontanarsi troppo. Ma non aveva tempo per guardarsi intorno. Lo avrebbe cominciato a fare solo quando si fosse stancato di studiare le persone. Si meravigliò del fatto che tutte le strade si assomigliassero.

Un mendicante con un cappello pieno di buchi da cui le monete finivano direttamente per terra, attirò la sua attenzione per più di mezz'ora. Marçio non aveva chiaro il principio per cui quell'uomo raccoglieva tanto denaro. Giacomo gli aveva parlato a lungo del lavoro e questo non rientrava nell'idea che se ne era fatto. Il mendicante si alzò da terra e si rifugiò in una rosticceria per comprare due panini e un barattolo di birra. Marçio rimase a fissarlo mentre mangiava e sentì il bisogno di comprarsi qualche cosa. Non tanto per la fame ma per la soddisfazione di essere servito come il mendicante, di poter chiedere e ottenere come facevano tutti quelli che spingevano contro il bancone. Attese con calma il proprio turno badando che nessuno lo superasse. Si ricordò della fila nell'ufficio di Zamenhof.

L'uomo dall'altra parte del bancone parlava senza alzare la testa. Marçio si emozionò: era la prima volta che qualcuno che non conosceva gli rivolgeva la parola. Spesso si era chiesto se fosse stato in grado di capire qualcuno oltre Giacomo.

"Cosa vuole?"

L'uomo catturò tutta la sua simpatia.

"Uno di questi" disse con un certo tono indicando alcuni panini oltre il vetro.

L'uomo alzò lo sguardo, lo fissò per un attimo.

"Tenga, tale e quale a quello che ha preso il suo amico poco fa" disse porgendogli il panino.

Marçio lo afferrò, pagò, buttò per terra la carta ma non si spostò dal banco. Il suo cappello gli piaceva di più di quello del mendicante. Le persone dietro di lui cominciarono a protestare. Non se ne curò. Con un occhio continuò a fissare il mendicante e con l'altro cercò lo sguardo dell'uomo che così gentilmente gli aveva offerto il panino.

"È proprio furbo quello" disse Marçio masticando e facendo cadere per terra numerose molliche, indicando il mendicante con uno spostamento del mento nascosto nel bavero. "Ha inventato un ottimo sistema per vivere. Chiede direttamente i soldi e quando li ha ottenuti si compra da mangiare. Un sistema ingegnoso e sbrigativo. Segue la via più breve e risparmia fatica e tempo. Perché non fanno tutti così?". Si congratulò con se stesso per quella brillante osservazione e aspettò il plauso dei presenti.

"Per favore lasci il posto" gridò l'uomo da dietro il bancone.

"Sì, sì, scusa me ne vado" rispose Marçio mentre stava ancora riflettendo sulla furbizia del mendicante. Si affacciò alla porta e non lo vide più. Uscendo dal negozio immaginò le strade che aveva appena percorso piene fino all'inverosimile di mendicanti. Li immaginava eleganti, che parlavano in modo colto e forbito, che lasciavano una scia di denaro al loro passaggio e lavoravano accanto a lussuose automobili frutto del loro ingegnoso lavoro.

"Non tutti sono in grado di farlo – pensò – non sarebbe più una grande idea".

Poco dopo s'impegnò a osservare vigili e poliziotti che dirigevano il traffico. Non capì nemmeno questa volta quale fosse la loro funzione. Poi seguì alcune donne con i carrelli della spesa e molte, moltissime altre persone. Non gli sfuggiva nulla di quello che gli passava sotto il naso. Osservò altri vigili e poliziotti, postini, pompieri, infermieri, soldati, tranvieri e tantissime altre divise. Le uniche divise che aveva visto erano state quelle degli inservienti dello zoo e quelle divise avevano mostrato quasi sempre una certa arroganza. Per Marçio doveva essere così anche per i guardiani delle vie della città. Scoprì invece che c'erano anche divise gentili. Ma più di ogni altra cosa fu interessato dalle automobili che intasavano le strade. Perché se le auto servivano per spostarsi ce ne erano migliaia ferme ai lati della strada o in fila con i motori accesi? Perché riempivano di fumo l'aria senza spostarsi di un metro? Forse, pensò Marçio, quel caos era soltanto un esercizio per imparare a controllare i nervi. La gente litigava e si prendeva a pugni per conquistare qualche metro di strada. Scene simili allo zoo non le aveva viste.

Di fronte a un ingorgo più indistricabile di altri, Marçio si armò di pazienza e si mise a sedere sul marciapiede aspettando di vedere come tutte quelle auto avrebbero risolto i loro problemi. Attese un'ora ma non cambiò nulla. Si alzò e riprese a gironzolare. Si divertiva a guardare le insegne dei negozi cercando di indovinare dall'esterno cosa vendevano: farmacie, grandi magazzini, negozi di abbigliamento, arredamento, strumenti musicali, banche, pelliccerie (gli fece un po' di impressione), antiquari, fiori, e tante altre cose. Talvolta chiedeva i prezzi confrontandoli con i pochi soldi che gli aveva dato Giacomo e con il prezzo di un panino. Le cose valevano cinque, dieci, cinquanta, mille panini. Spendere era un altro sistema in cui Marçio intravedeva la possibilità di affermarsi. In poco tempo riempì un sacchetto di plastica: comprò dei francobolli senza sapere a cosa servissero, un libro sui governi di centro-sinistra, si fece regalare alcuni depliant da un'agenzia di viaggi, una bottiglia di birra, alcuni bottoni, un barattolo di vernice spray, puntine da disegno, una penna e il poster di una scimmia che fumava uno spinello. Pensò anche a Giacomo e con gli ultimi soldi gli comprò una bomboletta per tenere lucida l'auto.

Dopo qualche ora era soddisfatto: non aveva più difficoltà a camminare eretto e aveva con sé un mucchio di cose poco importanti ma sue. Tornando a casa, ripercorrendo ancora una volta le stesse vie, Marçio pensò a tutte le cose che aveva ancora da scoprire ed elaborò dei programmi interminabili per i giorni a venire.

Aveva visto molte cose di cui non aveva afferrato il significato. Ne avrebbe parlato a Giacomo. Aveva avuto più volte la sensazione che ognuno vivesse per conto suo ignorando gli altri. Il contrasto violento che nasceva in quelle strade gli fu subito evidente e non poteva essere diversamente.

La sera era un po' meno fredda. La luna era di nuovo piena. Si ricordò della stessa luna, meno bianca, più piccola, ovale, sopra lo zoo.

Salendo le scale di casa era emozionato di dover raccontare tutto a Giacomo. Voleva portarsi in casa anche la luna che sulla strada del ritorno lo aveva reso felice. Prima di suonare il campanello ripensò un attimo allo zoo. Guardando la porta si rese conto che non sarebbe stato facile fare entrare anche la luna e così la spinse giù per le scale nell'attimo in cui Giacomo aprì e lo abbracciò.

Marçio corse in camera sua, si affacciò alla finestra e controllò che la luna fosse al suo posto. Si tolse le scarpe, si lavò le mani, gettò uno sguardo a un giornale e alla televisione e davanti a una minestra cominciò con calma a raccontare la sua giornata.

Prima di andare a dormire salutò la luna. Alzò un dito verso il cielo e gli sembrò di toccarlo.

Era considerato uno strano animale che con intelligenza e complicità era riuscito a evadere per nascondersi chissà dove.

Marçio invece si aggirava per le strade e lo faceva tranquillamente, senza rintanarsi o mimetizzarsi. Attraversava le vie più affollate, parlava con decine di persone, viveva insieme a loro. Chiunque si sarebbe sbalordito: non solo chi si era schierato come consapevole avversario della sua diversità, ma anche tutti quelli che lo avevano difeso. Chi avesse studiato Marçio e fosse riuscito a dare una convincente spiegazione della sua natura e delle sue vicende (non necessariamente quella vera) sarebbe passato alla storia insieme a Copernico, Darwin e Newton.

Ma nessuno poteva dire di aver scoperto qualcosa e proprio coloro che lo avevano esaminato di più erano quelli che maggiormente navigavano nel buio.

Per questo, man mano che i giorni passavano, si continuava a parlare di Marçio e se ne aveva sempre più paura.

22.

La scienza ufficiale tremò nuovamente. Da decenni aveva accettato la teoria della discendenza dalle scimmie o meglio di un antenato comune con esse. Ma una cosa era immaginarlo, intuire questa somiglianza; un'altra era verificare con i propri occhi che tutto ciò era la verità. Marçio intaccava la coscienza e la natura stessa dell'uomo.

La cosa più strana era che ricordava una scimmia solo con molta buona volontà e che solo dopo due settimane qualcuno aveva cominciato a parlare di scimmie e di primati.

La paura di veder confermate certe ipotesi provocò seri danni psichici. Succedeva qualcosa di molto strano: quelli che camminavano curvi, che mangiavano nelle ciotole, quelli che rifiutavano di parlare o di uscire da casa, erano proprio quelli che prima di essere contagiati ritenevano di essere sicuri della propria invulnerabilità.

Tutti parlavano di morfogenesi e paleontologia.

Di tutte queste cose si discuteva in congressi, riunioni, incontri e dibattiti, convegni; si consultavano medium e maghi, scienziati veri e parolai. Ma nessuna ipotesi fu in grado di fare il salto qualitativo che ogni idea deve compiere per diventare prima teoria e poi scienza. Si parlò degli stessi argomenti in una riunione tra i responsabili del caso.

Lo studio era particolarmente elegante e la sfarzosa tappezzeria di velluto era impregnata di tutte le parole, i problemi, le paure e le angosce che da tre settimane quella gente si era improvvisamente trovata ad affrontare.

Il professore era invecchiato di cinquant'anni: i suoi capelli si erano imbiancati con disordine, le rughe che gli circondavano gli occhi sembravano crepacci lungo la campagna dopo il terremoto. Elegante e impeccabile come sempre, aveva dimenticato di radersi sottolineando l'aria di una persona abbandonata a se stessa.

I suoi assistenti notarono quanto la vicenda stesse consumando quel corpo che non sembrava reggere più al peso delle polemiche.

Quasi venti persone affollavano la stanza. C'erano medici, un paio d'infermiere, coloro che di notte avevano prelevato Marçio per le visite notturne, il direttore e il vicedirettore dello zoo, altre tre o quattro persone in doppio petto blu.

"Signori, finalmente siamo riusciti a riunirci, – esordì il professore – sapete bene che continua a non succedere nulla. Potremmo discutere per ore se interpretare questo fatto come un segnale positivo o meno. Personalmente ritengo di no. Sono passate più di tre settimane e non è successo nulla a parte il fatto che la gente è impazzita e che mi sembra sicuro che Marçio si stia aggirando indisturbato per le vie della città".

"Professore – disse il dottor Mucci cercando di risollevare il morale del gruppo – può significare che Marçio fa fatica a trovare un rifugio sicuro dove non possa essere raggiunto da nessuno. Sa benissimo che lo stiamo braccando e non ha tattica migliore che girare in continuazione. Prima o poi lo prendiamo".

Intervenne il direttore dello zoo.

"Professore, egregi signori, ho avuto Marçio sotto gli occhi più di tutti voi messi insieme. Vi posso assicurare che Marçio è un animale: si comporta in tutto e per tutto come una bestia. Ho tutte le ragioni per credere che anche di fronte alla ritrovata libertà si sta comportando come una bestia. Lasciate perdere le spiegazioni scientifiche e la logica. Non ci siete riusciti in due mesi visitandolo cellula per cellula. Non serve più. Posso dirvi la mia opinione? Marçio sta scappando, ha il terrore di farsi riprendere. Le segnalazioni che lo indicano ovunque nascono dalla fantasia malata della gente. Sarà lontano, magari in qualche foresta del nord, proprio dove avete detto di averlo scoperto."

"Come fa ad esserne così sicuro?" replicò il professore.

L'unica cosa a muoversi nella stanza era il fumo di decine di sigarette che sembrava sfondare il soffitto.

"Professore lei non considera una cosa – continuò il direttore godendo dello sguardo ammirato del suo vice – Marçio, da animale, con la prigionia, così come gli uomini, ha subito pesantissimi condizionamenti. Nessuno può negarlo. Ha vissuto insieme a decine di animali in cattività. Questo ha senz'altro modificato il suo modo di comportarsi. Adesso si starà muovendo come un qualsiasi animale scappato dalla gabbia".

"Marçio non sta fuggendo solo da noi – aggiunse il dottor Mucci – ma dal genere umano e da se stesso. E aggiungo: se la sua fuga prima o poi dovesse rivelarsi impossibile, probabilmente deciderebbe di non farsi catturare vivo. I casi sono due: o riesce a scappare e a rifugiarsi dove nessuno lo potrà trovare o lo ritroveremo morto tra non molto tempo".

Il fumo riuscì a trovare una via di uscita attraverso una finestra. L'unico a rimanere in disparte seduto sul bordo della scrivania e con i piedi incollati al pavimento era il professore. La sua mente stava inseguendo Marçio.

Dopo qualche minuto di pausa il professore richiamò l'assemblea all'ordine con parole che era solito usare nei momenti più delicati. Tossì e si schiarì la voce. Tossì di nuovo. Voleva essere chiaro a tutti i costi.

"Per favore ascoltate – gridò con sicurezza – fate silenzio". Nei momenti in cui doveva prendere in pugno le situazioni diventava molto più duro di quando rimaneva da solo con i dubbi e la tosse. "Sapete che non mi sono mai fatto catturare da facili entusiasmi. Non sono d'accordo sul dare per scontato che Marçio si stia necessariamente comportando come una bestia. Ho sempre avuto l'impressione, non solo visitandolo, ma anche spiandolo decine di volte allo zoo, che da quel corpo così strano continuasse a emanare una particolare carica umana. Non prendiamo il suo comportamento come un dato di fatto da cui ricavare deduzioni reali. Rischiamo di affogare in un oceano di compromessi e banalità. State impugnando la lente d'ingrandimento alla rovescia. I suoi atteggiamenti non devono essere considerati lo specchio del suo modo di pensare. In ogni caso, ci tengo a dirlo, qualsiasi siano le conseguenze, non vorrei mai doverlo visitare da morto. Se usciamo per strada, se leggiamo un giornale, se parliamo con amici o colleghi, ci accorgiamo che molti, me compreso, non si comportano secondo il proprio modo di pensare. Da migliaia, milioni di pensieri diversi, da caratteri, problemi e fantasie diverse, scaturiscono comportamenti talmente standardizzati da fare vergogna. Non è così? E vista la natura particolare e lo stimolo che avrebbe potuto ricevere dal mondo animale non potrebbe essere così anche per Marçio? Voglio dire che avrebbe potuto copiare gli animali nel comportamento poiché era costretto a vivere in mezzo a loro, ma potrebbe pensarla diversamente. Sappiamo poco o nulla di come era prima di arrivare allo zoo. La simulazione di certi pensieri e di qualche atteggiamento non poteva che giovargli. E se così è stato significa che è molto più furbo di quanto si possa immaginare."

"Sta cercando di convincerci che Marçio non avrebbe mai smesso di pensarla come un uomo e che in quelle settimane non stesse aspettando altro che dimostrarlo?" chiese il dottor Ramaglia.

"Chi potrebbe escluderlo?" disse il professore rispondendo di sì.

"Non scordiamo che qualcuno lo ha aiutato nella fuga. Almeno su questo dubbi non ce ne sono. Non possiamo sapere quanto questo qualcuno sia in grado di influenzarlo o di accattivarsene la fiducia. Comunque non drammatizziamo."

Il vice direttore che cercava negli occhi del suo capo un briciolo di ammirazione, tirò fuori dalla tasca alcuni fogli stropicciati.

"Questi sono i responsi di investigatori privati, informatori, cartomanti e maghi di ogni tipo che mi sono preoccupato di consultare. Sono tutti concordi nel sostenere che Marçio ha un'inspiegabile vitalità e che stelle e congiunzioni astrali non smetteranno di proteggerlo per un po'."

Il professore scrollando il capo estrasse da una cartella alcuni tabulati.

"Le analisi elaborate col computer mostrano un risultato inaspettato. Forse non significa nulla ma è mio dovere informarvi. Potrebbero essere le prime novità. È stato messo in evidenza che alcuni dati che all'inizio sembravano differirsi notevolmente da quelli standard, attraverso impercettibili, infinitesimali variazioni, tendono ad accostarsi alle medie. Questo risulta dall'analisi comparata di decine e decine di elettroencefalogrammi. C'è un trend appena accennato che sembra riportare Marçio alla normalità."

Il dottor Mucci esaminò le carte.

"Di questo passo gli ci vorranno almeno quindici anni" disse restituendole.

"A meno che non subisca qualche altro shock" replicò il professore.

"Un attimo, – continuò facendo capire che stava per rivelare una cosa estremamente interessante – nessuno, in quel forsennato farsi forza l'uno contro l'altro a cui ho assistito poco fa, ha ricordato una cosa fondamentale. Abbiamo levato a Marçio, sotto mio consiglio, non lo nego, la possibilità di parlare solo temporaneamente. È vero, sicuramente l'aveva già persa del tutto ma chi ce lo assicura?".

Il professore che con le sue deduzioni andava sempre vicino alla verità, aprì nella traballante scialuppa dei suoi assistenti una falla che li avrebbe fatti naufragare in cinque minuti.

"Cosa? – replicò il dottor Mucci – cosa sta dicendo?".

"Professore sta esagerando con le sue preoccupazioni" lo interruppe uno degli altri due medici presenti.

"Dal giorno della fuga ho smesso di preoccuparmi e ho cominciato a sentirmi agitato per Marçio anziché per me. In ogni caso, e concludo, dirò questo: se vogliamo per una volta considerarlo un essere umano, abbiamo a disposizione una larga casistica a conferma che sarebbe sufficiente un forte shock per ridargli la possibilità di parlare."

"La libertà?" chiese qualcuno.

23.

Marçio girò indisturbato per più di una settimana mentre il clamore del suo caso non accennava a diminuire. Si sentiva importante e vedendo le sue foto sui giornali, sentendo parlare di sé alla televisione, provava una certa soddisfazione. Avrebbe voluto farsi riconoscere per godere di quella popolarità.

Dopo pochi giorni conosceva la città alla perfezione. Giacomo si meravigliava della naturalezza con cui parlava e descriveva posti che aveva visto una volta sola. Marçio aveva identificato cinque o sei luoghi il cui solo pensiero gli provocava strani fremiti.

Nella sua semplice logica non riusciva a spiegarsi fatti che avevano un sapore paranormale. Ma non voleva disobbedire ai consigli di Giacomo. Doveva evitare di farsi coinvolgere in situazioni anomale e non doveva allontanarsi da casa. Più volte si era incamminato con sicurezza seguendo la via che l'istinto gli suggeriva. Ma quando gli sembrava di essersi allontanato troppo con un certo patema d'animo tornava indietro, ripromettendosi di seguire quelle tracce misteriose quando fosse stato più tranquillo.

Ma presto sentì il quartiere stargli stretto. Anche le raccomandazioni di Giacomo cominciarono a irritarlo. In questo la vita della gabbia lo aveva profondamente provocato. Odiava la ripetitività delle cose e dei sentimenti, non voleva accettare nuovamente compromessi con l'abitudine.

Anche la vita tranquilla e senza scossoni che conduceva Giacomo cominciava a lasciarlo perplesso. Come poteva obbedire, rispettare ed essere rispettato allo stesso tempo? Come poteva accettare i consigli che gli impedivano di andare dove voleva, di seguire la propria personalità e di abbandonarsi alle proprie intuizioni? Perché quelle limitazioni che non sempre avevano a che fare con la sicurezza? Perché regole e orari anche al di là delle sbarre? Una nuova ondata di interrogativi cominciò a turbarlo. Poco alla volta cominciò a provare un gusto sottile nel tradire Giacomo col pensiero, a disubbidirgli, a inventare qualche piccola bugia. Anche i banali episodi a cui aveva assistito per strada lo avevano visto prendere posizione a favore di chi cercava d'infrangere le regole. Qualsiasi cosa che andava a scontrarsi col modo di vivere, di pensare e comportarsi imposto, raccoglieva le sue disinteressate simpatie. Era consapevole che l'insegnamento di Giacomo dettava legge dentro la sua testa. Ogni volta che se ne rendeva conto sentiva lo stomaco contrarsi come quando allo zoo aveva attraversato i momenti peggiori.

Dopo la prima notte insonne da quando era fuggito, decise che avrebbe dovuto dare meno retta a ciò che gli veniva insegnato e più spazio ai suggerimenti del suo istinto. Giacomo non ne avrebbe saputo nulla; se avesse raggiunto qualche risultato gliene avrebbe parlato.

Uscì un po' più tardi del solito. Per la prima volta gli venne il sospetto che Giacomo in quei giorni avesse potuto seguirlo. Sapere che stava per disubbidire lo eccitava. Sudava. Camminò velocemente fino ad una piazza che aveva ricalcato più volte sulla piantina dei suoi fremiti. Due vecchi palazzi separavano tre piccole strade laterali. Si mise a sedere in disparte sul bordo del marciapiede come tutte le volte in cui aveva bisogno di osservare. Passarono due, tre, forse quattro ore.

Un'infinità di persone entravano e uscivano dal portone di fronte a lui. Tutti quelli che uscivano dal palazzo avevano lo stesso modo di muoversi e comportarsi, gli stessi movimenti lenti e le facce annoiate, i gesti sincronizzati. Sembrava una recita. Rimase un altro po' seduto per terra e, rimboccandosi l'impermeabile, provò a porgere la mano a quelli che passavano. Trovò la conferma che in quel modo era molto facile guadagnarsi da vivere. Più tardi, ritenendo di aver guadagnato abbastanza, si alzò per seguire un gruppo di persone uscite dal portone. Entrarono tutti in un bar. Ascoltò i loro discorsi: erano impiegati di una società contabile. Marçio non provava simpatia per quel lavoro sedentario così contrario alla sua insofferenza. Quelle persone sembravano così inserite nel mondo da non accorgersi di farne parte. Gli tornò in mente lo zoo e la sua prigione. Quegli uomini gli facevano pena. Decise di aspettare: non voleva sacrificare anche questa volta una probabile vittoria alla superficialità delle raccomandazioni di Giacomo.

Alle cinque del pomeriggio le centinaia di persone che si erano riversate nel portone uscirono. A Marçio sembrò strano che si potesse essere tristi per aver terminato il lavoro.

A Giacomo raccontò piccole bugie e le prime mezze verità. Marçio ancora non ne capiva la differenza.

La mattina seguente vagò ancora una volta per la città ritornando nella piazza verso le quattro del pomeriggio. La giornata era grigia e buia; dall'asfalto brillavano carezze di giaccio. Marçio decise d'infilarsi nel portone e seguire fino in fondo il suo istinto. Provò a rilassarsi e a scaricare la mente da qualsiasi influenza esterna. Incontrando un paio di persone per le scale chiuse gli occhi. A ogni gradino sentiva qualcosa gonfiarsi dentro. Catturò nei polmoni nuove energie. Cerco di confondere i battiti del cuore con lo strofinio delle scarpe sulle scale. Si arrampicò per cinque o sei piani finché si trovò davanti una porta a vetri su cui erano impresse alcune lettere abbreviate e almeno dieci targhe di ottone che non si sforzò di leggere. In quel momento dall'altra parte scattò una serratura e una donna uscì sul pianerottolo. Marçio si infilò ringraziandola a mezza voce col volto coperto dal bavero dell'impermeabile, si restrinse dentro gli abiti e si preparò all'esplorazione di un corridoio pieno di stanze. Camminava lentamente; a destra e a sinistra, fino in fondo al corridoio, le stanze erano tutte uguali, con le stesse scrivanie, gli stessi quadri, le stesse finestre e probabilmente le stesse persone. Di colpo fu attirato da una porta. Era identica a tutte le altre ma aveva qualcosa di diverso, indecifrabile. Tra quella porta e la successiva il corridoio era strozzato da una grande macchina che serviva a distribuire colazioni.

Passò in fretta e lanciò un'occhiata accecante sperando di memorizzare tutto. Poi percorse il corridoio fino in fondo per non destare sospetti fingendo di cercare qualcuno. Dietro alla porta aveva visto le tre persone che aveva immaginato. Due di queste, anche se le aveva viste per un attimo, lo incuriosirono. Il terzo era un ragazzo di poco più di vent'anni. Il primo era abbandonato sulla scrivania e leggeva con avidità un quotidiano sportivo.

L'altro stava telefonando sottovoce con lo sguardo assente. Tornando indietro si preparò a compiere un grande sforzo non solo visivo. Ma mentre stava per girare la testa con naturalezza verso la stanza, la macchina accese decine di piccole luci e cominciò a scuotersi violentemente. Saltò per aria staccandosi dal pavimento di alcuni centimetri. Rimase sospesa per quattro o cinque secondi. Poi sputò sul pavimento litri e litri di caffè, latte, tè, sandwiches, panini, caramelle, mentine, gomme americane, lattine di birra e aranciata. Gli impiegati uscirono dalle stanze per assistere al miracolo. Marçio si portò a fatica in fondo al corridoio accanto all'uscita. Solo quando accennò ad uscire, la macchina rallentò il suo vomito.

Si ritrovò sul pianerottolo quando ancora la battaglia delle colazioni non era terminata. Scese le scale domandandosi perché la macchina al suo passaggio aveva cominciato a vomitare.

Per strada smarrì la tranquillità. Fece di corsa tre volte il giro del palazzo non sapendo ritrovare la via del ritorno. Chiamò Giacomo urlando. Poi si appoggiò a un'automobile e fissò il palazzo di fronte. Fu attirato da quello che rimaneva di una grossa impalcatura che qualcuno stava cercando di smontare. Urlò di nuovo con forza, si sdraiò per terra e sotto l'auto a cui era appoggiato cercò la testa di un uomo. Un'altra sensazione che nasceva dall'intrigo di idee, di false onde magnetiche, di finzione e verità che si intrecciavano per confonderlo. Si incamminò verso casa angosciato dall'idea di una testa che lo seguiva rotolando sul marciapiede. Provò a ingannarla fermandosi dietro gli angoli o correndo come un pazzo intorno a una fontana. Gli si portò alle spalle ma non riuscì a vederla. Eppure sapeva che c'era e che quella testa e la nausea della macchina per le colazioni erano strettamente collegate tra loro. Una ragnatela sottile, appiccicosa, invisibile, univa quelle cose a tante altre. L'angoscia che provava in quei minuti sentendosi solo e sperduto non era nuova.

Quella sera Giacomo cominciò a preoccuparsi della perdita di entusiasmo di Marçio. Gli chiese in maniera brusca cosa avesse. Lui fece finta di nulla e andò a dormire. Marçio soffriva di questa situazione: Giacomo rimaneva sempre l'unico bastone a cui appoggiarsi.

Avrebbe voluto chiedergli aiuto per risolvere le tensioni che lo stavano stritolando come quando era allo zoo. Ma non poteva farlo: aveva la certezza che Giacomo non avrebbe capito. E sapeva il perché. Era convinto che Giacomo pensasse che a uno come lui non si potesse insegnare di più. Sarebbe stato inutile sprecare tempo e energie per insegnare a uno come Marçio come doveva vivere: la sua natura ribelle e selvaggia non sarebbe mai stata sconfitta. In questo gli dava ragione. Ogni volta che allo zoo e dopo, gli sembrava di aver ottenuto qualche progresso, prepotentemente entrava in crisi e creava nuove e inesistenti motivazioni per stimolarsi. Questa volta si sentiva in preda a una crisi più profonda.

Giacomo si preoccupò. Non poteva lasciare Marçio in giro da solo, stava diventando troppo pericoloso. Ma sapeva altrettanto bene che non poteva privarlo della libertà che lui stesso gli aveva restituito. Marçio mentendo e rifiutando il colloquio si era involontariamente reso orfano.

Giacomo continuò ad andare a trovarlo due volte al giorno, a portargli cibo e a dargli un po' di denaro. Ma queste cose non avevano più il sapore complice delle prime settimane.

Marçio poco alla volta non si curò più del suo aspetto. Non si tagliò i peli che gli ricrescevano in fretta sul viso, né le unghie. Non usò più profumi e per strada fece meno attenzione. Non si sforzò nemmeno di camminare completamente eretto.

Capiva di dover essere più Marçio e meno uomo.

24.

La mattina successiva uscì nuovamente alla ricerca di se stesso. Per quanto non avesse intuito nulla di ciò che era successo il giorno prima, decise che quel giorno doveva dedicarsi a un'altra traccia. Prese un taxi e si fece portare in un altro posto da cui più volte aveva sentito gli stessi soffocati richiami. Non aveva avuto il coraggio di superare un giardino che aveva considerato il limite alla disobbedienza ai consigli di Giacomo. Come il giorno prima, il suo istinto sarebbe stato libero di condurlo da qualsiasi parte. Avrebbe superato il giardino, la frontiera, e dopo il giardino qualsiasi altro ostacolo. Scese dal taxi pieno di speranze. Si trovò ad aspettare qualcosa di indefinito davanti a una casa in un quartiere residenziale. Si mise a sedere sul solito marciapiede.

Al tramonto avvertì l'agitazione che lo assaliva tutte le volte che stava per capitare qualcosa. Questa volta era più violenta e le reazioni più incontrollate. Un'auto parcheggiò a pochi metri da lui. Dall'auto scese una donna che Marçio poteva vedere solo di profilo. Era giovane, semplice, vestita con eleganza sotto una montagna di pacchi. Marçio, nonostante tremasse come una foglia rimasta sola sull'albero a combattere la tramontana, si alzò di scatto seguendo un impulso che lo spingeva ad aiutarla. Sentiva nella testa un confondersi di memorie differenti, centrifughe, vorticose. Una parte di lui si avvicinava impacciata alla donna, l'altra era rimasta sul marciapiede e faceva finta di nulla. La donna accelerò il passo per infilarsi tra un'auto e l'altra e dirigersi verso il portone. Marçio confuse il cambio di passo come un tentativo di fuga e pensò di non essersi comportato bene. La sua insicurezza nel reagire a questi momenti non gli permise di capire che ancora una volta non aveva fatto o detto nulla; vedeva soltanto la donna allontanarsi. In pochi secondi il sangue gli inondò la testa allontanandosi dagli arti che cominciarono a tremare, divenne rosso in volto, le vene sulle tempie e gli occhi quasi strariparono. Colpì con un pugno violentissimo il tetto di un'auto e vi lasciò un danno profondo. La donna stava per scomparire dentro il portone.

L'urlo terribile, disumano, proveniva dalle viscere della terra.

"Barbara, Barbara!"

Le disavventure, la rabbia di mesi, la potenza e l'impotenza, le sofferenze, le frustrazioni, volarono, esplosero nell'aria.

Rimbalzarono sulla casa e sul portone e da lì travolsero Barbara. Lei girò su se stessa: fece solo in tempo a intravedere una misteriosa figura nascondersi dietro un'auto. Marçio cominciò a dare calci a tutto ciò che aveva a tiro. Barbara entrò nel portone accostato. Ancora una volta una porta separava Marçio dalla verità. Non trovò il tempo di chiedersi perché aveva gridato e se quello fosse il vero nome di quella donna. Cominciò a correre spingendo, picchiando, emettendo ruggiti che spaventarono chiunque gli si trovò di fronte. Arrivò di nuovo ai giardini e dopo averli attraversati fu sicuro di aver seminato i suoi inseguitori. Prese da un cestino dei rifiuti un pezzo di carta e si asciugò la bava che gli era colata sulla camicia. Prima di tornare a casa passò a controllare il palazzo del giorno prima. La porta di vetro era chiusa a chiave. La sfondò con un calcio. Entrò nella stanza da cui provenivano i soliti misteriosi messaggi. Si mise a sedere su una delle tre scrivanie e cercò qualcosa sotto il piano. Trovò una gomma americana indurita, la mise in bocca e cominciò a masticare. Immaginò i due uomini che aveva visto il giorno prima.

Con calma si affacciò alla finestra. Per strada non c'era nessuno. Decise di andarsene. Nel corridoio fissò per alcuni secondi la macchina delle colazioni che dormiva con le luci spente. Per strada cercò di nuovo il corpo di un uomo sotto un'auto. Tanti piccoli, inconsistenti particolari sembravano suggerirgli pallide certezze e invece erano puntualmente smentiti.

Arrivò sotto casa. Infilò sotto la porta un biglietto per Giacomo: «Questa sera non torno a casa. Stai tranquillo. Vado in giro a respirare».

Il pensiero di quella donna lo tormentava. Poteva essere la chiave o almeno una delle chiavi dei suoi problemi. Tornò, guardando più per aria che per terra, al giardino proibito. La sera limpida e lo scirocco invitavano a pensare. Lo sguardo si fissò per tutto il tempo su una piccola stella bianca; novità in un cielo che ormai conosceva a memoria. Una stella bianca e lontana che si accostava dolcemente alle macchie che anche quella sera la luna mostrava senza vergogna. Era stanco. Si sdraiò su una panchina. I suoi pensieri si trasformarono anche questa volta in un sogno ad occhi aperti, fantastico ed inaccessibile. Regolò il respiro sul tic tac delle stelle.

Dopo quattro ore non aveva più motivo per rimanere lì. Intirizzito e con un po' di paura decise di tornare a casa.

25.

Come tante altre sere, Giacomo, carico di sacchetti con i viveri per Marçio, parcheggiò sotto casa e guardò se le imposte fossero aperte. Erano sbarrate e questo voleva dire che Marçio non era ancora tornato. Da qualche giorno ormai non si faceva trovare e Giacomo in casa trovava prove sempre più evidenti della sua completa autonomia.

Con una spalla si appoggiò al portone e mentre stava per entrare si sentì afferrare per un braccio.

"Buona sera, signor Giacomo. Che piacere vederla!"

Il commissario con la solita camicia e un giubbotto aperti sul davanti e i lunghi baffi intrecciati sfoderò un sorriso professionale come non aveva avuto la forza di mostrare qualche giorno prima. Giacomo trasalì e posò i sacchetti. L'odore di intonaco umido e legno vecchio dell'androne gli scese nello stomaco. Il commissario non gli permise nemmeno di respirare.

"Dirle che è una coincidenza mi sembrerebbe molto stupido e lei è un uomo estremamente intelligente che non merita di essere preso in giro, signor Giacomo."

La schiena di Giacomo si riempì di gocce di sudore che correvano verso il basso e morivano assorbite dalla camicia. Avvertì un tremolio alla gola.

"Ci sono novità? – chiese non mascherando affatto l'agitazione – Ci sono novità?" ripeté.

"Sul fronte delle indagini nulla, niente di nuovo. Ma qualcosa si sta muovendo. Potranno essercene nei prossimi giorni."

"Che cosa si sta muovendo?" chiese Giacomo che stava rassegnandosi al peggio. Si guardò intorno cercando qualcosa che potesse infondergli il coraggio che gli aveva dato la sedia con la gamba più corta.

"Quello che si sta muovendo è proprio Marçio, davvero molto, – disse serissimo il commissario – ormai è certo che gira indisturbato per la città. Le segnalazioni non sono più strane e frammentarie come i primi giorni, tutti dicono le stesse cose, lo vedono negli stessi posti, descrizioni e particolari coincidono. Non può sfuggirci a lungo".

Giacomo riaccostò il portone e con discrezione sbirciò a destra e a sinistra. Se Marçio fosse arrivato in quel momento sarebbe stata la fine per tutti.

"Allora i suoi guai stanno per finire commissario. Sono contento per lei. Un po' meno per Marçio, le confesso che parteggio per lui."

"Questo lo avevo capito, signor Giacomo – disse il commissario – e forse è anche giusto. In ogni caso i miei problemi stanno per finire comunque. Mi hanno dato altri cinque giorni di tempo per trovare Marçio, dopo di che se ne occuperà l'antiterrorismo".

"Cosa ha detto? – gridò Giacomo – ma sono impazziti?".

"Anche a me sembra esagerato" disse sottovoce il commissario. "E in confidenza devo dirle che anche loro non caveranno un ragno dal buco. Sono proprio contento di vedere come affogheranno in un bicchiere di acqua".

"Mi scusi commissario, ma non è ridicolo? L'antiterrorismo si occupa di sicurezza nazionale, non di animali fuggiti dallo zoo. Che rapporto c'è tra una bestia inoffensiva e dei terroristi? Non ci posso credere" disse Giacomo che come la prima volta aveva la possibilità di trascinare il commissario dalla sua parte.

"Per qualcuno questa differenza non c'è. Probabilmente non si considera tanto il comportamento di Marçio quanto le conseguenze della fuga. Non ha commesso grandi reati, è vero, ma ha turbato e non poco l'ordine pubblico. La gente è impazzita. Lei sa meglio di me quello che sta succedendo. La sua libertà è una provocazione per molti". Il commissario parlava come un estraneo e questo confondeva Giacomo che continuava a considerarlo un temibile avversario.

"Su questo non ho dubbi" disse Giacomo inghiottendo la poca saliva rimasta e invitandolo a continuare.

"Non capisco tutto questo baccano, – proseguì il commissario – troppe cose non quadrano in questa faccenda, troppi interessi, raccomandazioni che piovono dall'alto, pressioni, misteri. È diventato un caso nazionale e mi dica lei se ci sono i presupposti. Stiamo sempre parlando di una fuga dallo zoo, non da un carcere o da un tribunale. Non parliamo di delinquenti o di bancarottieri. Marçio, per quanto strano, è sempre un animale. No, tutto questo interesse non è motivato ed è il più sottile dei misteri di questa faccenda. Ha un fascino particolare, un ascendente sulle folle che è al di fuori di ogni logica comprensione. Ma io rimango dell'idea che mi ero fatto sin dall'inizio. Ho risolto decine di casi senza prove ma con l'intuito. Parto dalla convinzione che solo un movente affettivo può aver spinto i complici di Marçio a liberarlo".

Giacomo pensò di essere arrivato alla fine. Giocò le ultime carte.

"Ancora non mi ha detto perché mi ha seguito, commissario. Ma lei conosce bene il suo lavoro e piano piano è arrivato dove si era prefissato. Già dall'altro giorno sospettava di me e questo solo perché ero il custode di Marçio. Mi dica cosa ha in mente per favore."

"Signor Giacomo, si tranquillizzi. Volevo solo sapere se per caso Marçio si è fatto vivo, se lei sa qualcosa di nuovo. Non so se lei è implicato o no nella fuga, anche se devo sospettare di chiunque. Ma so anche che l'aiuterebbe volentieri e che è l'unica persona a cui Marçio si rivolgerebbe per chiedere aiuto. Ho riascoltato decine di volte i nastri della sua deposizione e lei parla di Marçio come di un amico, di una vittima da aiutare, non di una bestia."

"Questo è vero commissario – rispose Giacomo più tranquillo – lo consideravo un amico e questo per l'affetto che aveva per me, per come mi guardava, per come mi implorava. Commissario, voglio essere sincero con lei. Per come l'ho conosciuto, se si deve accettare il fatto che giri indisturbato per la città e che le segnalazioni che ricevete sono vere, allora bisogna cominciare a pensare una cosa: Marçio forse non è un animale e se lo è, è qualcosa di straordinario, di rivoluzionario. Questi sono i miei dubbi ed è per questo che, qualsiasi siano le conseguenze, le dico questo: lo aiuterei, anzi vorrei aiutarlo, la sua intelligenza esige un aiuto. Lotta da solo contro tutti e proprio la sua debolezza è la sua forza. Non ha bisogno di nessuno, solo di se stesso. E adesso anche la legge non lo considera più un animale. Se Marçio lo intuisse sarebbe soddisfatto".

"Signor Giacomo, la capisco. Dopo giorni e giorni è come se anch'io conoscessi Marçio da mesi e mi è simpatico."

Il commissario aveva ripreso da qualche istante a molestarsi i baffi. I lampioni si erano appena accesi e davano a quell'operazione una particolare luce sinistra.

"Vorrei dirle un'ultima cosa – disse il commissario – nel mio lavoro bisogna separare l'uomo dal poliziotto. Quello che ho detto appartiene naturalmente all'uomo. Quanto al poliziotto, non amo essere preso in giro. Dove sta andando signor Giacomo?".

Giacomo si appoggiò al portone ma la porta si aprì e rischiò di finire per terra.

"Sto tornando a casa, niente di strano mi pare."

"Per la prima volta voglio ignorare il mio istinto e le credo. E sa perché? Marçio ha contagiato anche me e lei lo sa meglio di chiunque altro: o si sta con Marçio o si sta contro di lui. Ebbene, dovendo scegliere sto con lui. Arrivederci."

Il commissario per la prima volta lasciò i baffi e gli strinse la mano sudata di paura e di plastica. Giacomo si guardò intorno e si infilò nel portone. Aveva superato i primi gradini quando il commissario si affacciò nuovamente.

"Signor Giacomo – gridò – per quello che ne so io, lei abita da un'altra parte. Arrivederci" disse tirandosi nuovamente dietro il portone e facendo scattare la serratura.

Giacomo salì di corsa le scale e si buttò sul divano. Tirò fuori la bottiglia di whisky ma la trovò vuota.

26.

Una mattina di luce abbagliante, di domenica per mescolarsi tra la folla e non incontrare Giacomo, Marçio si recò allo zoo. Mettersi in fila per pagare il biglietto, quando ancora tanta gente andava allo zoo per vedere la sua gabbia vuota, gli sembrò un'offesa. Sembrava tutto diverso.

Si incamminò verso la piazzetta. Una volta arrivato davanti alla gabbia cercò di farsi breccia tra la gente. Guadagnò a fatica la prima fila e poté vedere con meraviglia che, nonostante fosse vuota, continuava a essere perfettamente curata. Fissò per qualche minuto la targa sull'inferriata. Parlava di gorilla e vi scoprì l'origine del suo nome. Sui vetri laterali pendevano alcune sue fotografie. Ripensò ai mesi di detenzione e ignorò chi spingeva per potersi affacciare. Cominciò a trascinarsi attaccato alla ringhiera ignorando le fotografie. Scivolò fin dentro la parte interna. Una piccola folla vi si accalcava pronunciando frasi che a Marçio sembravano incredibilmente sciocche; anche lì raggiunse il posto in prima fila. Sbirciò dietro la porticina dove aveva conosciuto Giacomo e diviso con lui i momenti più felici.

L'atmosfera ricca di eccitazione dello zoo lo riempiva di stimoli.

Uscito all'aperto volle andare a salutare la scimmietta. Non fece in tempo ad avvicinarsi che tutti gli animali delle gabbie accanto alla piazzetta avvertirono nell'aria la sua presenza. Cominciarono ad agitarsi, a gridare, ad applaudire. Marçio rimase bloccato in mezzo al piazzale mentre i visitatori accorrevano da ogni parte. Si commosse.

Un acuto brusio diffuso da ogni angolo si levò concentrico verso la piazzetta. Un sottofondo penetrante e armonioso come se ogni animale stesse recitando la parte imparata per una grande occasione.

Non si era mai sentito così importante e felice. Si fece largo con i gomiti e arrivò in prima fila anche questa volta. Trovò le scimmie eccitate, attaccate alle sbarre, ma non vide quella a cui teneva di più. Perquisì la gabbia alla velocità della luce.

Era sdraiata per terra, in un angolo lontano. Guardava fissa nel vuoto, sembrava non accorgersi di quello che stava accadendo. Marçio scavalcò la ringhiera di protezione e calpestò l'aiuola di lato alla gabbia per arrivarle più vicino. La scimmia alzò il muso da terra e con lo sguardo assente lo fissò negli occhi. Ma non riuscì a sostenere le occhiate interrogative e disperate di Marçio che per qualche istante. Con la sua combattività, con la sua capacità organizzativa, con la sua volontà di non arrendersi mai, era stata quella che più di ogni altra cosa, persona o animale, gli aveva dato la convinzione necessaria per lottare. Era lei che nei momenti di sconforto lo aveva aiutato da trenta metri di distanza come se le sbarre non fossero esistite. Ora era avvilita, trascurata dalle compagne, abbandonata, sporca, dimagrita. Sul torace le costole soffrivano. Quando Marçio si chinò per guardarla nuovamente negli occhi, la scimmia si voltò verso il muro. Incurante delle mosche stava seduta sopra avanzi di cibo puzzolente. Marçio, sdraiato sull'aiuola, si strinse la testa tra le mani. Per la prima volta da quando era fuggito stava soffrendo. La scimmietta lo capì e con la faccia ancora più triste, compiendo uno sforzo terribile, si voltò schiacciandosi alle sbarre per essergli vicina. Infilò due dita in una maglia della rete e le allungò verso di lui. Marçio non lo notò e allora lei con un grido strozzato cercò di distrarlo dal suo pianto.

Marçio protese la mano umida di lacrime e di erba, afferrò quella della scimmietta e se la strinse tra i peli. Questa sorrise e così fece lui. Nonostante tutto ci poteva essere ancora qualche attimo felice. Quello lo era.

Poco dopo, sempre stringendo le dita della scimmia, notò di lato alla piazzetta, al solito posto, la statua del fondatore dello zoo. La strinse ancora più forte e le catturò uno sguardo più sereno. Le indicò con gli occhi il terribile affronto. La scimmia sembrò non curarsene e scrollò le spalle in segno di impotenza. Marçio prese un bastone, lo infilò nella rete e scansò la sporcizia. Un guardiano lo vide e si incamminò verso di lui. Marçio fece una rapida carezza alla sua compagna e scappò tuffandosi in mezzo alla gente. Girò per lo zoo ancora a lungo non accorgendosi delle feste che riceveva dalle gabbie. Ripensava alla sua amica che riflettendo sulle proprie sconfitte si era ammalata fino al punto di perdere la voglia di vivere. Avrebbe dovuto fare qualcosa; quello a cui aveva assistito aveva aumentato ancora di più angosce e confusione. Per la seconda volta andando via non l'aveva salutata come avrebbe voluto. Capì di aver perso in sensibilità e calore ciò che aveva guadagnato in sicurezza. La luce gli dava fastidio. Non si rendeva conto se le cose per cui aveva lottato erano in realtà quelle che la sua natura gli proponeva. Oltre il muro lo aspettava una città che per la prima volta non gli sembrò diversa dallo zoo.

Da quando era libero non aveva pensato un solo momento a ridere e a scherzare. I vecchi problemi o erano rimasti gli stessi o erano stati sostituiti da nuovi e molte delle cose che aveva sentito contrarie alla sua natura lo erano ancora. Fuori dallo zoo si comprò degli occhiali da sole.

Poco alla volta Giacomo cominciò a saltare qualcuna delle sue visite giornaliere. D'altra parte Marçio, pur mantenendo nei suoi confronti l'affetto e la stima di sempre, si sentì meno coinvolto nel confidarsi. Gli aveva tenuto nascosti i segreti che celavano quei palazzi e soprattutto l'esperienza con quella donna. Gli nascose il fatto di essere andato allo zoo.

Marçio si trovò di nuovo immerso nei dubbi da cui era intenzionato a uscire solamente in un modo: decidendo una volta per tutte come e dove voleva vivere.

Non riusciva a darsi una risposta alla domanda se avesse avuto un contatto con gli uomini. Apparentemente pensava di sì, che ce l'aveva fatta.

Giorno dopo giorno frequentò le strade più di prima in cerca di altri indizi rifiutandosi di dare retta ai richiami che lo spingevano nei luoghi che riteneva dannosi alla sua evoluzione. Niente palazzo con l'ufficio, niente casa di quella donna, niente zoo: quelli dovevano essere i punti d'arrivo.

In tutta la sua modestia di principiante delle cose della vita si chiedeva in continuazione quante altre regole ci fossero state che non era ancora in grado di afferrare.

Pensava a queste cose e molte altre mentre ciondolava a destra e a sinistra senza meta. Sembrava ubriaco, forse lo era. Ma giorno dopo giorno l'alcool che gli entrava nelle vene, vero o finto che fosse, gli schiudeva nuove verità. Un risultato lo aveva ottenuto: non ambiva più ad essere uomo a tutti i costi. Se meritava una medaglia voleva conquistarla sul campo.

27.

Non ci furono miglioramenti.

I posti e le persone che lo stimolavano andavano affrontate, così come le sue reazioni, in maniera differente.

Si alzò dal letto deciso a sapere qualcosa di più sulla donna che gli procurava quegli incontrollabili pensieri e che non aveva nessun legame né con lo zoo, né con Giacomo, né con un palazzo dove una macchina alla sua presenza vomitava colazioni.

Soddisfatto dalla decisione di non rimandare oltre le sue indagini, si trovò sotto casa della donna molto presto. Salì le scale fermandosi a studiare le porte che gli si presentavano davanti. Al terzo piano una porta uguale alle altre gli procurò i soliti ritmi accelerati nel respiro.

Ormai si fidava ciecamente del suo istinto. Si chinò per leggere il nome scritto sotto il campanello, ma un taglio di luce glielo impedì.

Si appoggiò con la schiena contro la porta aspettando qualche rumore. Passò più di un'ora inventando spiegazioni; naturalmente fu inutile. Al primo rumore si alzò di scatto. Si compose alla meglio aggiustandosi il bavero dell'impermeabile per coprirsi il volto. Il freddo che da tempo lo aveva ignorato lo assalì a tradimento gelandogli il sangue. Suonò. Appena Barbara si affacciò a un minuscolo spiraglio, Marçio con decisione, cercando di non spaventarla, si catapultò dentro. Barbara non si spaventò affatto e non prendendo in considerazione l'ora anomala, pensò all'invasione di un rappresentante di enciclopedie o di detersivi. Marçio la salutò con garbo rimpiccolendosi negli abiti.

"Buongiorno – disse apparendo il più inoffensivo possibile – dovrei parlarle".

"Non mi serve nulla" rispose Barbara stringendosi una vestaglia che copriva una lunga camicia da notte celeste. Aveva capelli castani lisciissimi e arruffati. Il volto pallido, senza un filo di trucco, sbiadiva due occhi scuri e malinconici.

"Aspetti, la prego, devo parlarle!"

"Ho fretta, devo andare a lavorare e sono in ritardo."

"Signora – disse Marçio ricorrendo al modo più elegante con cui poteva rivolgersi a qualcuno – non sono qui per venderle nulla ma per chiederle aiuto. Mi conceda cinque minuti, per favore".

Era la prima volta che dava del lei a qualcuno. La donna lo stava fissando con lo sguardo incuriosito. Alcune rughe leggere circondavano gli zigomi sporgenti.

"Io posso aiutarla? Va bene, mi dica ma faccia presto. Aspetti un attimo vado a mettermi qualcosa addosso."

Cominciarono i minuti più lunghi dell'odissea di Marçio. Non sapeva cosa dire né come comportarsi. Rimase immobile nell'ingresso guardandosi intorno e abbassando lo sguardo ogni volta che gli sembrò che la donna stesse tornando. Di fronte alla porta c'era un acquario senza pesci né acqua. Raccolse da un ripiano sulla base una scatoletta di larve e le assaggiò. Temeva di non riuscire a controllarsi, di tradirsi con i gesti e con le parole, di essere sbattuto fuori da quella casa e non potervi più tornare. Sentì il passo morbido di Barbara che stava per riaffacciarsi nella stanza. Si gonfiò d'aria. Barbara lo invitò ad accomodarsi in salotto. A Marçio sembrò d'impazzire, fu sul punto di stramazzare al suolo. Gli girò la testa, smarrì la cognizione del tempo e dello spazio, si appoggiò allo stipite della porta per non cadere, il muro gli sembrò molle.

Lei gli sfiorò la schiena per spingerlo nella stanza. Marçio sentì una scarica elettrica fulminarlo per la colonna vertebrale. Ogni cosa che guardava gli procurava la scossa di qualche istante prima: il tavolo e le sedie, le litografie astratte, i giornali accatastati per terra, il televisore, la libreria e persino un grosso scatolone di cartone accanto alla poltrona.

I meccanismi che gli regolavano le emozioni rischiarono di incepparsi a causa dell'intensità con cui si riversarono sulla sua macchina cerebrale. Barbara lo invitò a sedersi e si accomodò di fronte a lui su una poltrona dello stesso colore beige del divano.

"Mi dica in cosa posso esserle utile."

Marçio con le dita massaggiò i fiori in rilievo della tappezzeria del divano. Aveva bisogno di prendere tempo e riordinare le idee. Non poteva prevedere quali parole gli sarebbero uscite di bocca e non fu più sicuro di poter parlare. Barbara dopo qualche istante cambiò posizione assumendo un tono più rigido, quasi seccato.

"Allora?"

Marçio annuì chinando il capo in segno di affermazione. Passarono altri secondi e Barbara scocciata si alzò in piedi.

"Quanto tempo vuole farmi perdere?"

Portandosi la mano davanti alla bocca Marçio si raschiò la gola.

Per un attimo pensò a Giacomo chiedendosi dove fosse in quel momento. Trovò la forza per dire qualcosa, ma gli uscirono le parole che mai avrebbe voluto dire. Si sbottonò l'impermeabile e alzò completamente il volto aprendosi il collo della camicia e spingendosi il cappello sulla faccia.

"Sono Marçio" disse senza sforzo. Barbara aggrotto le sopracciglia. Istintivamente si tirò indietro verso lo schienale.

Lo riconobbe immediatamente. Non si spaventò, ispirava tenerezza non certo timore.

"Ti riconosco. Sai che ti stanno cercando ovunque? – rispose Barbara – Non ti chiedo come mai parli o chi ti ha insegnato a parlare – continuò – ma cosa vuoi da me?".

Marçio non la ascoltò, stava concentrandosi su quello che avrebbe voluto e dovuto dire.

"Voglio spiegarti subito perché sono qui. Bene, non lo so nemmeno io. Sono molti giorni che giro tranquillamente per la città. Sono convinto che non mi sarebbe difficile vivere in mezzo agli uomini."

"Lo vedo anch'io" replicò Barbara.

"Il punto è un altro. Ci sono dei luoghi da cui partono richiami che non riesco a comprendere. Uno di quei posti è questa casa."

"Cosa vuoi dire?" chiese Barbara intimorita.

"Pochi giorni fa qualcuno qui sotto ha urlato il tuo nome e ti sei spaventata. Ero io. Stavo osservando questa casa da un po' quando sei arrivata. Non sapevo come ti chiamavi eppure ho gridato il tuo nome. Ti sei voltata."

Senza accorgersene le stava dando del tu.

"Mi chiamo così. Ho pensato a uno scherzo. Quella voce era strana, poco umana…"

Barbara notò nello sguardo rassegnato di Marçio di aver detto qualcosa di scortese.

"Scusa, intendevo dire che era una voce… sì, una voce, come dire, diversa. Una voce che non sono abituata a sentire."

Marçio a suo modo era contento di poter controllare la situazione.

"Sono tornato per cercare di scoprire cosa è che mi attira qui. Sono stato indeciso per giornate intere se venire o no. Ho paura di scontrarmi con qualcosa di terribile."

Non aveva più bisogno di programmare le prossime parole.

"Allo zoo ho imparato a fidarmi del mio istinto e a non ostacolarlo. So che non sarò libero in eterno. Prima o poi mi riprenderanno. Non posso essere rinchiuso allo zoo o in qualche altro luogo peggiore senza essermi prima spiegato certi misteriosi fenomeni."

Barbara si alzò mettendosi a sedere sul bordo del divano. Gli posò una mano sulla manica dell'impermeabile e cercò di tranquillizzarlo. Aveva accanto un essere di cui non sapeva nulla, di cui si erano dette cose terribili, ricercato dalla polizia. Ma Marçio con i suoi occhi lontani, soli, condannati a strisciare per terra, dimostrava che ciò che si era detto e scritto, nel bene e nel male, non gli apparteneva. Nella sua anormalità era normalissimo.

In gabbia era diventato quanto di più importante ci fosse nel paese; ora era lì seduto che implorava una spiegazione impossibile a una persona qualsiasi. Barbara si accostò ancora di più. Marçio la guardò abbassando le sopracciglia e le appoggiò la testa sul collo. Si sentiva più sicuro.

Dopo qualche istante quel collo emanò un odore fortissimo e soave, una strana essenza di sale e profumi francesi una nube di piacere impalpabile che sprigionava dalla pelle liscia e morbida.

Di nuovo si scatenarono terribili vibrazioni che tornarono ad angosciarlo. Per simulare la nuova catastrofe che stava per abbattersi sul suo corpo, si sforzò di rimanere calmo cambiando posizione. Respirò in completo silenzio e a pieni polmoni per godersi quella meravigliosa narcosi. Cominciò a viaggiare per tutto il corpo di Barbara in lungo e in largo, scoprendo inaccessibili miniere di quell'odore; piccoli fiumi e misteriose caverne da cui scaturivano vapori profumati e profondi. Il viaggiò durò trenta secondi. Per la prima volta Marçio desiderava una donna. Al risveglio notò una fotografia incorniciata nel metallo appoggiata ad alcuni libri.

"Chi è quell'uomo?" chiese cercando di mascherare la curiosità.

"Mio marito. È l'ultima foto che abbiamo fatto insieme. È un autoscatto: il ricordo più bello che ho di lui. Poco dopo ha avuto un incidente e non l'ho…"

Barbara si bloccò piegandosi sulle ginocchia.

Sullo sfondo della fotografia alcune montagne e uno chalet coperto per metà da una grossa nuvola.

"È il posto dove è avvenuto l'incidente?" chiese Marçio tirandosi su lungo la spalliera del divano.

"Sì, due giorni prima, soltanto due giorni prima."

"E quel fiocco rosso appeso al muro?" chiese Marçio per allentare la tensione.

Barbara sorrise.

"Mio marito diceva che serviva contro l'impotenza. Ci scherzava sempre sopra."

Marçio avvertì qualcosa gonfiarsi sotto i pantaloni. Squillò il telefono. Barbara, dopo essersi stropicciata gli occhi e aver chiesto scusa, si alzò. Rimasto solo Marçio ripensò alle parole di Barbara e al suo profumo. Era rimasto calmo; forse il disperato bisogno di protezione che lei gli infondeva lo aveva aiutato a controllarsi. Si alzò confuso. Si avvicinò alla cornice e osservò la fotografia. Lo chalet, la nuvola, le montagne avevano profili conosciuti. Scaricò sul metallo una forza terribile e riempì la cornice di energia. Gli sembrò che si muovesse e la prese in mano per evitare che finisse per terra. Per qualche attimo si dimenticò del motivo che lo aveva spinto in quella casa. Nascose la cornice impugnandola attraverso la tasca dell'impermeabile. Si avvicinò a uno scatolone di cartone e senza vedere che cosa contenesse vi infilò la mano. Le dita affondarono in una montagna di carta. Afferrò un foglietto e lo nascose. Non si era mai sentito sicuro delle proprie azioni come in quei momenti. Barbara rientrò di corsa nella stanza. Marçio si voltò apparendo il più naturale possibile.

"Ora devo andare, non voglio crearti complicazioni."

"Puoi venire quando vuoi, ti puoi fidare."

Anche se non l'avrebbe voluto rivedere, non fu capace di negargli la soddisfazione di sentirsi accettato e capito. Senza essere visto Marçio si voltò e passò la cornice dalla mano destra alla sinistra.

"Grazie cercherò di non farmi catturare fino a quando avrò…"

Fu percorso all'improvviso dai suoi brividi, anticamera di più violente convulsioni. Per un attimo lo illuminarono i lampi della sedia elettrica. Si nascose dietro il bavero dell'impermeabile. Lo fece con un movimento brusco, incontrollato, di vergogna. La cornice gli sfuggì di mano e precipitò per terra; il vetro esplose. Marçio barcollò e si inginocchiò per raccoglierla. Una scheggia di vetro lo ferì, una smorfia di dolore spezzò la tensione. Barbara si avvicinò e gli prese il palmo della mano che si stava riempiendo di sangue. Marçio non poté indietreggiare per non tagliarsi le ginocchia.

"Ti devi disinfettare. Ti prendo l'acqua ossigenata e un cerotto."

"Non fa niente – rispose Marçio desiderando scappare da quella casa per non farvi più ritorno – non fa niente".

Poteva essere l'inizio della fine.

"È profondo, bisogna disinfettarlo" insistette Barbara massaggiando il dorso della mano. Barbara uscì dalla stanza. Marçio rimase solo con una ferita che non bruciava. In pochi secondi rivide la sedia elettrica e un lampo rischiarò tutto il resto tingendolo di azzurro: lo zoo, il professor Zamenhof, la scimmietta prima burlona e poi triste, i gorilla, la statua, la fuga, il professore, Giacomo, i copertoni, il direttore, le visite mediche, le sbarre. Il lampo in un continuo sovrapporsi di pensieri illuminò anche scene che credeva non essere mai appartenute alla sua vita: sensazioni e immagini confuse che talvolta erano comparse, trasparenti e cristalline o piene di dubbi e di incertezze, sogni con sfumature di realtà che da mesi avevano intorpidito i suoi tentativi di costruirsi una memoria.

Barbara tornò con un batuffolo di alcool. Arrivò a pochi centimetri da Marçio che rimaneva inginocchiato con lo sguardo immobile sui vetri.

I loro volti erano vicinissimi e Marçio credette di baciarla. Allungò la mano verso di lei, ma Barbara, vedendola pelosa e sporca di sangue, indietreggiò. Cercò di seguirla trascinandosi sulle ginocchia e ignorò altre due fitte che gli tagliarono la carne.

L'idea di compiere un nuovo sbaglio lo pietrificava. Continuava a stupirsi e a rivivere momenti lontani e misteriosi. Recuperò sensazioni di un mondo sconosciuto al quale credeva di aver partecipato. Pronunciò alcune parole in una strana lingua, pensò con malinconia alla macchina che sputava colazioni, toccò per un istante la nuvola che tagliava lo chalet. Tutto era riflesso e scorreva come un film negli occhi scurissimi con cui Barbara continuava a fissarlo.

Voleva scappare via. Si alzò da terra e prese il batuffolo gocciolante che Barbara gli stava porgendo. Migliaia di spilli gli bucavano il cervello. Non aveva più il minimo dubbio. Le parole che stava per dire non le avrebbe mai volute pronunciare. Indicò la foto ancora coperta di vetri e da alcune gocce di sangue. Inghiottì litri di saliva e si strizzò le gengive per deglutirne di più.

"Sono io l'uomo di quella fotografia."

Barbara barcollò, fece due passi scomposti per tenersi in equilibrio. Sbarrò occhi e bocca.

"Cosa? Che cosa? – gridò – Cosa stai dicendo?" esclamò con più calma. "Ti rendi conto di cosa stai dicendo? Sei ubriaco? Vattene!".

Marçio scrollò le spalle in segno di rassegnazione. Da qualche secondo era tornato uomo e già aveva ripreso i suoi atteggiamenti dimessi.

"Lo so che può sembrarti un insulto. Ma è così. È proprio così."

"Ma come puoi sostenere una pazzia del genere?"

"Vuoi le prove? Non ne ho" fece una pausa. Poi continuò.

"È meglio forse, per me e per te, per tutti, se non ne troviamo."

"Non sono disposta ad accettare le tue provocazioni. Non so a cosa vuoi arrivare, ma ne ho abbastanza" disse Barbara indicando un telefono.

"Potrei chiederti che giorno tuo marito Manuel ha avuto l'incidente. Anzi potrei spiegarti come l'ha avuto?"

"Chi ti ha detto che si chiama, si chiamava così?" lo interruppe Barbara irrigidendosi. La confusione stava diventando shock, l'offesa assumeva sfumature diverse.

"Potrei darti l'indirizzo di un palazzo dove c'è una macchina che vomita colazioni quando mi vede, o il nome di qualche illustre professore o di un ospedale. Ah già, un'altra cosa: mi puoi dire se hai mai partecipato alla ricostruzione di un vecchio campanile? Non sono cose importanti, lo riconosco, ma dico ciò che mi viene in mente."

Barbara impazziva stritolata dal soffitto della stanza che si abbassava sempre di più. Gli si lanciò tra le braccia, lo strinse, gli baciò il collo. Questa volta fu Marçio a respingerla. Improvvisamente, appena la riodorò, provò vergogna di come era ridotto e di quello che era successo. Non pensò nemmeno un attimo che negli occhi di sua moglie aveva trovato la soluzione. Capiva solo come Barbara fosse lontana e diversa, irraggiungibile. Capiva, tremando dentro e fuori, di non poter meritare una donna come lei. Barbara cominciò a piangere. Fu lei a parlare per prima.

"Come è possibile? Cosa è successo? Ti ho visto senza vita su quel tavolo in ospedale! Le macchine erano spente, i medici commossi!"

"Probabilmente in quel momento me ne ero andato davvero. Ero stufo. Poi ricordo una corsa terribile e la sensazione di allontanarmi. Anzi, io rimanevo fermo, era tutto quello che mi circondava che si allontanava, anche le cose senza materia come sentimenti e sensazioni. Una spirale di tempo e di spazio mi portava via tutto. Mentre mi chiudevano la testa la vita si appannava. Non vedevo più una parte di me stesso."

"Cosa?"

"Hanno messo non so cosa nel mio cervello ed è calata la nebbia. È questa la spiegazione. Ma una parte di me non ce l'ha fatta. È quella parte ad essere morta. Per questo sono così."

"Perché non mi hanno detto nulla? Perché non mi hanno chiesto un consiglio, dei permessi?"

"La risposta è semplice. Anch'io la conosco da pochi minuti. Non ci vuole molto a capirlo."

"Ma il tuo funerale?"

Marçio sorrise. Ormai aveva capito tutto.

"Pensi che in un ospedale sia difficile trovare un cadavere? Ti prego Barbara: decideremo come affrontare questa situazione ma per farlo è necessario che ti convinca che quello che sto dicendo è la verità. E talvolta la verità non ha nulla a che vedere con la logica."

"Sono convinta, lo sono, lo sono" disse singhiozzando con un filo di voce, con la fronte appoggiata al muro. Prese il fiocco rosso, lo sciolse, lo arrotolò intorno a un polso.

La stanza sembrava grandissima e vuota. Il soffitto poco alla volta stava rialzandosi. Per terra c'era ancora la fotografia, la molla che aveva scatenato tutto.

"Quando ho visto questa foto ho intuito di avere la soluzione a portata di mano. Tutto è cominciato il giorno che ti ho vista qui sotto, fuori dal portone. Poi a mano a mano, entrando qui, vedendo te, sentendo il tuo odore, la foto, tutto il resto, è stato come avvicinarsi all'epicentro di un terremoto. Gli strumenti, in realtà molto precisi, che mi hanno sempre tenuto in equilibrio, piano piano andavano impazzendo e quando ho capito che non potevano sopportare altre sollecitazioni sono venuto. L'epicentro è qui, in questa casa, dentro di me e accanto a te. Capisci?"

"Sì" rispose Barbara respirando a scatti.

"Ti prego, stai calma come cerco di esserlo io."

Le prese la mano e si calmò. Fecero silenzio alcuni minuti.

"Non ho più niente da chiedere alla vita o a chi per lei, – ricominciò a dire Marçio stringendola – sono stato sbattuto da un posto all'altro come un clandestino. Ho avuto più volte la sensazione di essere una candela che lottava disperatamente per rimanere accesa in mezzo alla rosa dei venti. Decine di bufere hanno cercato di spegnermi, di consumarmi. La mia salvezza è stata questa. Tutte le forze che mi provocavano si ostacolavano l'una con l'altra senza riuscire a neutralizzarmi. Sapevo che da qualche parte, prima o poi, avrei trovato la risposta."

"Non è possibile" disse lei accarezzandolo.

"È un sogno Barbara, un sogno che continuerà. Devi continuare a considerarlo un sogno. Il capitolo di un sogno di cui nessuno può inventare la fine."

"Che vuoi dire?"

Barbara riscopriva Manuel come l'aveva lasciato, pieno d'angoscc, ermetico.

"Che non può tornare come era prima, lo sai meglio di me. Guardami."

"No, non è vero, – gridò Barbara – ti giuro che...".

"Anzi no, non guardarmi. In gabbia come in strada mi sono vergognato di come attiravo l'attenzione e l'ilarità della gente. Molti di quelli che dicevano di avermi visto lo avevano fatto veramente. Non erano solo false segnalazioni. Ma ci si abitua a tutto, anche a queste cose."

"Non significa nulla" rispose Barbara offrendogli nuovamente il collo.

"Quando mi fissavano incuriositi cercavo di immaginare come mi sarei sentito in queste condizioni davanti a una persona a cui tenessi. Al solo pensiero arrossivo ma poi mi consolavo pensando che non sarebbe mai successo. Allora desideravo la mia gabbia. Lì ero qualcuno e i giudizi erano soltanto su ciò che ero e non su ciò che volevo essere."

"Non pensare a queste cose. A che ti è servito allora trovare una risposta?"

Mentre diceva queste cose Barbara non riusciva a immaginarsi nemmeno i prossimi dieci minuti. Marçio la capiva, non c'era nulla di strano. Era giusto che Barbara fosse impacciata, frastornata, non c'era nessuna ragione per cui Barbara avrebbe dovuto sopportare un peso così grande. L'angoscia che aveva bloccato Marçio per settimane era in parte dovuta proprio a questo: sapere che inventare o trovare una soluzione non sarebbe servito a nulla. Adesso che si era riscoperto capiva che poco o nulla sarebbe potuto cambiare nella sua vita. Non aveva la minima possibilità di modificare lo stato delle cose in cui era stato proiettato con tanta trascuratezza dal mondo intero. Cosa poteva pretendere da Barbara? Qualsiasi cosa in più, e Barbara lo aveva dimostrato senza cattiveria, sarebbe stata dovuta alla pena. Il destino aveva voluto che Manuel fosse stato chiamato per primo (ma chi lo può dire con certezza?) a compiere un simile viaggio nella diversità.

Marçio, vedendo singhiozzare quella che era ancora sua moglie, si convinceva che se quella tragica avventura era capitata proprio a lui, non poteva essere una fatalità. Interminabili coincidenze si erano verificate, concatenate l'una all'altra a formare un fragilissimo mosaico. Quello che gli era successo non era che l'esasperazione della sua natura precedente.

I libri per terra, la televisione, i gesti di Barbara, i fiori del divano, l'acquario, il fiocco rosso erano lì a dimostrare quanto problematica e insofferente fosse stata la vita di allora. Lo sarebbero state comunque, una terza, una quarta, una quinta vita. Disse a Barbara che voleva andare via. Le promise di tornare il giorno dopo. La salutò porgendole la mano, tenendosi distante. Arrivato sulla porta si voltò e indicò l'acquario.

"Levami una curiosità – chiese – i pesci sono morti di fame?".

Barbara sorrise. Alzò le spalle per giustificarsi. Marçio si avvicinò all'acquario e prese la scatola di larve.

"Posso portarle via?"

Barbara annuì.

Due minuti dopo riattraversava il giardino sgranocchiandosi le larve. Dopo tanto parlare e pensare sentiva il bisogno di scaricarsi, di tornare a sentirsi disperso.

Ora si chiamava Marçio e non Manuel. Convincersi del contrario avrebbe significato tornare a essere come era stato per tanti anni. Significava accettare quello che gli era stato imposto e lo aveva costretto a trasformarsi. La sua, si convinse Marçio succhiando l'ultimo pizzico di larve, era stata solo una fuga dal cervello alla prima occasione in cui aveva avuto a disposizione un valido alibi. Ora ricordava i motivi per cui era andato a fare quella vacanza con Barbara. Capiva per quale motivo quella nuvola dava l'impressione di tagliare in due la casa. Le nuvole poteva capirle meglio di tutti gli uomini messi insieme. Così anche gli animali. Ripensò allo zoo e alla promessa che si era fatto di non farvi ritorno.

La gente gli passava accanto trasformata in blocchi di ghiaccio animati, tutto era ancora drammaticamente più lento.

Marçio pensava e guardava, i suoi occhi traducevano l'amarezza di quelle riflessioni. Osservava tutti con sufficienza e per la prima volta non la confuse con l'invidia. Abbassò il bavero e non si nascose più.

Le vibrazioni erano cessate, i richiami dei posti che lo avevano insospettito si erano interrotti. Non era più necessario mantenere legami con ciò che lo aveva oppresso per settimane: così Marçio cancellò in appena mezz'ora i nastri magnetici di quelle passeggiate in compagnia di fitte al cuore, convulsioni e affanni.

Per giorni e giorni, per mesi, aveva vissuto in attesa dell'entrata trionfale nel mondo degli uomini. Tutto era avvenuto in funzione di un contatto, un semplice aggancio, la ricerca di una sola possibilità di partecipazione. Quali erano i risultati? Se gli rimaneva un dubbio era allontanato dal fatto che, comunque stavano le cose, le sbarre della gabbia in realtà non separavano assolutamente nulla.

Giacomo si stancò di aspettarlo. Sicuro che non sarebbe tornato nemmeno quella notte, se ne andò. Marçio rientrò molto tardi. Si ricordò che Manuel prendeva delle pasticche per dormire. Si alzò dal letto, frugò in un armadietto e ingoiò tre pillole a caso. Per la prima volta si lavò i denti. Prima di coricarsi gli tornò in mente il biglietto che aveva preso nello scatolone. Si spostò sotto la luce:

Gli angeli non hanno sesso?
È una bugia del diavolo.
Il mio ce l'ha: è donna.

Manuel

All'alba, tranquillo e rilassato, si addormentò con la testa sgombra.

28.

Mentre scavalcava il muro di cinta dello zoo, non lontano dal punto da cui era scappato, si muoveva con grande tranquillità.

Dall'esterno aveva appena sentito passare la ronda e sapeva bene che se non avesse fatto rumore avrebbe avuto a disposizione almeno dieci, dodici minuti. Il tempo necessario ai guardiani per arrivare in fondo al viale e ritornare indietro. Arrivato in cima al muro vide in lontananza un angolo della sua gabbia. Alzò la testa al cielo cercando la luna dello zoo ma non la trovò. Il cielo era costellato da centinaia di piccole nuvole. Una di queste, perfettamente circolare, perpendicolare alla sua gabbia, teneva imprigionata la luna. Rimanendo a cavalcioni sul muro, cercando il modo migliore per saltare giù, Marçio ripensò alle nuvole che tagliavano lo chalet e alla luna su cui una sera, tanto tempo prima, avrebbe voluto andare a cena con Barbara. Ma anche il cielo era differente. Saltò giù senza fare il minimo rumore. L'asfalto era morbido, pensò di aver appreso qualcosa dai felini. Seguendo l'ombra scivolò lungo il muro per una quarantina di metri. Passando sotto due lampioni strusciò per terra; poi rientrò in uno specchio d'ombra.

Si comportava con naturalezza e con l'istinto di un animale che fiuta il pericolo elettrizzando tutti i sensi contemporaneamente. Pochi metri prima della piazzetta attraversò il viale per godere dell'ombra di una tettoia. Si trascinò per qualche metro fino alla sua gabbia. In quel punto il neon di due fari illuminava l'aria con una luce azzurra che Marçio ricordava bene. Quelle lampade gli avevano spesso impedito di dormire e avevano colorato di azzurro i suoi sogni. La gabbia non era più vuota: i gorilla dormivano tranquilli e soddisfatti nell'angolo più riparato appoggiati ai due copertoni. Marçio si sollevò affacciandosi alla ringhiera. Ogni angolo della gabbia gli apparteneva, ricordava qualcosa, nel bene o nel male, che lo stimolava. Era passato solo qualche mese ma dietro le sbarre tutto aveva sapore di trascurato e di vecchio: i copertoni, la zattera, il tavolaccio, le funi che aveva sempre ignorato, ogni cosa era categoricamente sua, anche le sbarre. Cibo e escrementi erano sparsi ovunque intorno alla pozza d'acqua.

Le torce dei guardiani che si erano fermati a chiacchierare in lontananza lo riportarono alla realtà insieme a un filo di luce che la luna riuscì a liberare dalla nuvola. La faccia beata di uno dei gorilla si illuminò. Marçio si fece da parte. Riuscì a malapena a leggere sull'altro lato della gabbia un cartello di cartone (sicuramente provvisorio) che copriva quello sui gorilla.

IN QUESTA GABBIA SOGGIORNÒ MARÇIO. QUI
IMPARÒ A CAPIRE E A CONVIVERE CON I SUOI
PRONIPOTI.

E più sotto con caratteri diversi e una sottolineatura in rosso:

Un vero record mondiale: 3877 visitatori al giorno.

Non si scompose. Il cartello significava che ormai avevano perso le speranze di ritrovarlo e che forse avevano smesso di braccarlo.

Girò il cartone e lo appese al muro dalla parte in cui non c'era scritto nulla. Dopo qualche minuto era fuori da un gabbiotto di cemento accanto alla palazzina della direzione. Estrasse dalla tasca una pinza e fece saltare una catenella. Si infilò dentro e accostò la porta lasciando aperto uno spiraglio che gli evitò di accendere la luce. Un minuto dopo era di nuovo fuori con una tanica piena di liquido scuro. Dopo cinque minuti era nei pressi della sua gabbia dove attese sdraiato dietro una siepe il passaggio dei guardiani. Appena questi passarono trascinandosi dietro l'ondeggiare delle torce, Marçio scattò nuovamente in piedi. Attraversò il viale, rasentò per qualche metro il muro di cinta e arrivò nella piazzetta. Di fronte a lui, dall'altra parte del viale, oltre le sue sbarre, i due gorilla continuavano a russare.

Abbandonò la tanica accanto al muro e sempre strisciando percorse i pochi metri che lo separavano dalla gabbia della scimmietta. Da qualche istante erano cessati i rumori leggeri e lontani che accompagnavano la notte dello zoo: qualche animale che non riusciva a prendere sonno, una miriade di insetti che occupava i cipressi e i pini, tutto si zittì. Anche le foglie delle due querce ai lati della piazzetta cessarono di fischiare non opponendosi più alla brezza che arrivava dal parco.

Marçio sentiva il suo respiro amplificato mentre avanzava cercando di rimanere il più basso possibile. Il fruscio delle gambe trascinate per terra rimbalzava sui vetri delle gabbie. Arrivò sotto la gabbia della scimmietta dal lato dove sapeva era solita dormire. Alzandosi si inginocchiò proprio dove la sua amica stava riposando. La faccia di Marçio si trovava a non più di venti centimetri da quella dell'animale.

Infilò il dito in una maglia della rete laterale ma non riuscì a toccarla. Allora raccolse da terra un ramoscello e lo infilò nel buco.

Il silenzio era assoluto. La scimmietta si svegliò di soprassalto e spaventata si arrampicò sulla cima della rete. Marçio si voltò per cercare le torce dei guardiani. La scimmietta non lo riconosceva. Allora Marçio cominciò a muoversi orizzontalmente lungo la grata. Era ancora più esaurita e impacciata nei movimenti di quando l'aveva vista l'ultima volta. Non poteva perdere tempo: indietreggiò di due passi in modo da essere completamente illuminato dal lampione. La scimmietta lo vide, sorrise o cercò di farlo, e con un salto venne giù.

"Ciao" disse Marçio con un filo di voce.

La scimmietta chinò la testa in segno di saluto.

Rialzandola si portò un dito alla bocca invitandolo a non far rumore e guardando verso il fondo del viale. Marçio si avvicinò alla rete fino a sfiorarle le labbra. La scimmia lo imitò e schiacciò con forza la faccia contro la sua.

Per un attimo fu come se la rete non ci fosse stata. La scimmia, percepita l'impossibilità di toccarlo, indietreggiò mettendosi a sedere in un angolo con la faccia rassegnata che Marçio non aveva mai dimenticato. Aveva il volto scarnificato con due profonde occhiaie che si smorzavano appena sotto le labbra. Non aveva più peli e le ossa sembravano cercare con forza una via d'uscita dal corpo coperto di vesciche.

Marçio strisciando si portò qualche metro più a destra accanto all'entrata della gabbia, tirò fuori un coltello a serramanico, lo inclinò verso la luce. La lama scattò tagliando lo zoo in due. Di colpo si udirono decine e decine di versi. Lo zoo riprese a vivere con il sottofondo di tutte le notti. Infilò il coltello nel lucchetto arrugginito. Pochi secondi dopo il lucchetto saltò. Spalancò la porta e vi infilò la testa. La scimmietta rimase ferma e Marçio, controllando il viale, le fece cenno di uscire. L'animale si alzò con tutta calma. Accennò due passi ma si fermò nel punto esatto dove era seduta qualche secondo prima.

"Dai – gridò non curandosi dei guardiani – forza, abbiamo solo un paio di minuti! Dai!".

La scimmietta non si mosse di un centimetro e vergognandosi voltò la testa dalla parte opposta. Marçio fece per entrare nella gabbia ma l'amica saltò in alto dove non avrebbe potuto raggiungerla.

Si fissarono negli occhi per qualche istante. Marçio capì. Richiuse la gabbia, trattenne il respiro; poi sistemò il lucchetto lasciando la porta solamente accostata. La scimmietta scese di un paio di metri e si dondolò per la coda a un piccolo trapezio. Le rughe erano gonfie di sudore, si stropicciò gli occhi con le mani.

In lontananza, a circa duecento metri, si rivedevano le torce dei guardiani che si erano nuovamente fermati. Marçio posò una mano sulle sbarre in direzione della scimmia come per accarezzarla. Questa si lasciò cadere dal trapezio e gli ritornò accanto. Marçio baciò le sbarre e si voltò. Nella sua vecchia gabbia i gorilla si erano svegliati e stavano osservando la scena. Scivolò lungo l'ombra del muro di cinta fino a raggiungere la tanica. Sotto lo sguardo interrogativo dei gorilla versò il contenuto alla base della statua del fondatore dello zoo. Era deciso e determinato, dentro di sé sentiva esplodere la disperazione che aveva lasciato all'interno della gabbia.

Una fiamma fredda e metallica nascose le stelle e il neon si affievolì. La struttura della statua con la base in legno grezzo catturò gran parte del liquido e del fuoco. Bastò qualche secondo perché il fondatore dello zoo diventasse un bonzo qualsiasi. La faccia di quello sconosciuto rimase inespressiva ma a Marçio sembrò, fissandolo compiaciuto, che avesse la bocca contratta per nascondere un dolore profondo.

Le fiamme rallegrarono la piazzetta; un riverbero dorato riscaldava le gabbie. Poi si aggiunse lo scoppiettio irregolare del legno che cedeva materia al fuoco. Gli animali si svegliarono e Marçio, una volta ancora, poté assistere al concerto di voci, versi e suoni che gli ospiti dello zoo organizzavano nelle occasioni importanti. L'unica a tacere, immobile, era la scimmietta. Marçio la fissò per studiarne le reazioni, per capirne un gesto o una smorfia. Ma questa non si mosse, pietrificata nella sua rassegnazione. La base di legno non resse il peso delle colpe della statua crollando con uno schianto secco. La testa si staccò dal collo e rotolò sotto la gabbia della scimmietta. Il fondatore dello zoo sbatté violentemente il capo contro il cemento e perse per sempre i suoi lineamenti austeri. I due grandi baffi alla francese che avevano sempre terrorizzato gli animali, in vita come dopo, si disintegrarono. La scimmietta sorrise ma dopo un attimo si alzò sistemandosi di spalle nell'angolo più buio della gabbia.

Il rogo non le interessava.

In lontananza i guardiani gridavano dando l'allarme. Marçio chiamò la scimmietta, questa si voltò. La salutò alzando il pollice verso l'alto in segno di compiacimento. L'animale, muovendo soltanto la testa e la mano, ripeté il gesto e si rivoltò. Marçio cominciò a correre nella stessa direzione da cui arrivavano di corsa i guardiani. Le torce tagliavano l'aria e andavano a spegnersi sulle fiamme. Arrivò accanto al muro di cinta nel solito punto. I guardiani gli passarono davanti proprio nel momento in cui cominciava la scalata. Saltò giù atterrando con naturalezza sul prato. Sbatté le mani l'una contro l'altra per levarsi il fango. Si rialzò il bavero del soprabito e come i personaggi di tanti film si allontanò nel parco inghiottito dalla notte.

29.

Barbara trascinò dentro casa due grosse sacche, Marçio rimase fuori ad ammirare il panorama. Sapeva di essere stato lì, lo ricordava perfettamente come l'ultimo luogo che aveva visto prima dell'incidente, ma guardandosi intorno non trovò nulla che lo stimolasse.

Quando entrò in casa, Barbara stava accendendo il caminetto. Posò la legna e gli lanciò una borsa.

"Cambiati, – disse – ti ho portato qualche tuo vecchio vestito. Non puoi continuare a girare con questi stracci che puzzano".

Marçio prese la sacca e si spogliò. I vestiti non gli entravano più. La camicia non si abbottonava sul torace, i pantaloni cortissimi lasciavano scoperta gran parte del polpaccio. Le scarpe sembravano rubate a un bambino: riuscì a malapena a farci entrare metà piede.

"Sei sicura che sono miei?"

"Mettiti questa, – disse Barbara lanciandogli la giacca di una tuta da ginnastica – ci mettevi sotto due maglioni per sudare. Ti sta bene sicuramente".

Infatti Marçio sostituì il maglione con la giacca. Era soddisfatto di aver salvato qualcosa della sua immagine precedente. Si affacciò alla finestra scostando le tendine.

"È tutto molto bello qui, tranquillo. Ascolta gli uccelli."

"Anche allora eri fissato col concerto degli uccelli. Dicevi che insieme al rumore delle... sembrava un concerto."

Barbara non trovò il coraggio di ricordargli delle cascate e del torrente che forniva la base ritmica agli assoli degli uccelli.

Marçio capì la pausa ma non disse nulla. Continuò a seminare sguardi sul prato fuori dalla finestra.

"Guarda quella nuvola laggiù: non c'è un filo di vento e sta venendo qui di corsa."

Barbara si alzò di scatto dal divano e si affacciò alla finestra accanto a lui. Questo nuovo segnale apparentemente inspiegabile e l'indifferenza di Marçio la preoccupavano.

"Che vorrà da noi questa nuvola?" chiese sforzandosi di seguirla quando arrivò sulla casa.

"Non suggestionarti. È una coincidenza, guarda non si vede più" rispose Marçio afferrandole una mano.

"Si è fermata sopra la casa" replicò Barbara.

"Usciamo, vedrai che sarà già scomparsa nel bosco."

Uscirono, alzarono contemporaneamente la testa. La nuvola era perpendicolare allo chalet e impediva, sottile e tagliente come una lama, di vedere il piano superiore.

"È solo una coincidenza, solo una coincidenza" ribadì Marçio poco convinto.

Rientrarono. Barbara prese dalla sacca un cappello di paglia e glielo lanciò.

"Non mi va di mettermelo, i cappelli non li sopporto più" disse Marçio ignorandolo.

Barbara prese il cappello e lo posò sul divano.

"Non mettere il cappello sul divano, porta male!"

"Ma che dici, – rispose ridendo Barbara – non hai mai creduto a queste cose. E poi nel caso porta male sul letto non certo sul divano".

"Non si sa mai, – disse Marçio prendendo il cappello e appendendolo a un chiodo sulla parete – non vale la pena rischiare, non si sa mai".

Marçio uscì, girò intorno alla casa e si avvicinò ai margini del bosco. Appena raggiunse la prima fila di alberi arrivò Barbara di corsa e lo fermò.

"Abbiamo tempo per andare lì dentro. Andiamo in paese."

Marçio si appoggiò a un ramo basso e lo spezzò. Si incamminarono lungo i sentieri scendendo verso il paese. Il sole lanciava lingue di brace e ruggine fredda tra gli alberi.

Le raccontò dello zoo, di come giorno dopo giorno aveva acquistato la certezza di essere stato un uomo e la determinazione di voler tornare a esserlo, di Giacomo, della scimmietta, del ministro, del mendicante, dell'incendio della statua. Barbara ascoltò senza fiatare. Aveva il terrore che il discorso fosse indirizzato verso il loro futuro.

Marçio era Manuel in tutto: lo ascoltava con l'animo di chi stava assistendo un malato o un bisognoso, le faceva pena. Mai, da quando lo aveva rivisto, lo aveva considerato come un marito tornato da un lungo viaggio. Lui invece era tranquillo e felice. Non poteva chiedere di più. Il fatto che le sue sembianze rimanessero quelle che avevano consigliato di rinchiuderlo in uno zoo, non intaccava minimamente il suo comportamento. Nemmeno lontanamente pensava che Barbara avrebbe potuto avere dei problemi nell'accettarlo come una volta. Era sua di diritto.

"Sto bene. Non so se è questo angolo di mondo o è soltanto merito tuo, amore" disse raccogliendo un rametto di piccoli fiori gialli.

"Il merito è soltanto tuo" Barbara gli mise un braccio intorno ai fianchi e gli appoggiò la testa sulla spalla. Marçio le infilò i fiori tra le dita. Barbara si fermò.

"Io non ho fatto nulla. Ormai hai risolto tutto e solo con la forza della tua volontà. Non ti è mancata. Ce la farai a tornare come prima."

Marçio si irrigidì.

"Non è esatto. Non ho più bisogno né di lottare, né di inserirmi. Voglio essere quello che sono, non mi posso mascherare dietro un'identità che tutt'ora in parte ignoro. Marçio e non Manuel. Devo convincermi e convincerti di questo. Mi capisci? L'importante è non aver dubbi. Marçio, non Manuel."

Barbara s'impuntò. Parole di questo genere la terrorizzavano.

"Che significa? – chiese sbriciolando tra le dita i fiorellini gialli – Vuoi dire che hai lottato per evadere dalla gabbia, per maturarti, per rincontrarmi, per continuare a essere ciò che eri allo zoo?"

"Non sono quello dello zoo. Sono un altro, lo sai bene."

Il tono era lo stesso di quando Manuel interrompeva le discussioni e si rifugiava nel mutismo più assoluto. Arrivarono alle porte del paese senza dire una parola, ognuno pensando a ciò che sarebbe successo in seguito. Prima di arrivare all'abitato passarono davanti al cimitero. Il muro di cinta era completamente ricostruito con le pietre del vecchio campanile. Barbara riprese a parlare.

"Ti ricordi che abbiamo portato con una carriola le pietre dalla piazza fino a qui?"

"No" rispose bruscamente Marçio.

Camminarono altri cinque minuti, in lontananza la sagoma del nuovo campanile. Era identico a quello vecchio, ma più lucido, più alto, più pulito.

"Ce l'hanno fatta in così poco tempo!" esclamò Barbara.

"Già, in poco tempo, davvero poco tempo" rispose Marçio con tono polemico. "Torniamo a casa – aggiunse – non mi va di vedere questo campanile. Comunque scusami, non voglio litigare".

Questa volta fu Barbara a tacere. Per tutto il ritorno rimasero in silenzio un'altra volta nonostante Marçio cercasse di temperare l'atmosfera con battute e frasi che tutto erano tranne che divertenti. Soprattutto una impensierì Barbara.

Percorrendo un piccolo sentiero pieno di fango, Marçio si fermò a osservare alcune orme di stivale accanto a una pozza d'acqua. Accostò il piede all'impronta e scoppiò a ridere.

"Sono l'uomo con il piede più grosso del mondo, mi farò le scarpe su misura, una bella soddisfazione, no?"

Lo spirito era quello glaciale e autoironico di Manuel. Ma a pronunciare queste parole era Marçio, Marçio che non voleva essere Manuel, anche se continuava a muoversi, parlare e comportarsi nello stesso identico modo. Marçio dava l'impressione di godere della sua condizione e di volerne approfittare per mettere in imbarazzo gli uomini, Barbara compresa.

Nel suo piccolo, e senza la pubblicità che avrebbe potuto ricavarne Marçio, anche Manuel lo aveva sempre fatto. Ritornarono allo chalet che era quasi buio. Marçio ammirò di nuovo la luce arancione che gli ammorbidiva i muscoli della faccia e dava ai suoi peli un vivace riflesso bruciato. Il sottobosco era già nella penombra e l'umidità faceva brillare foglie e cespugli. Barbara entrò in casa per preparare qualcosa di caldo. Marçio rimase sulla porta.

"Voglio andare a vedere il torrente e le rapide. E ci voglio andare solo."

"Non fare sciocchezze, – gridò Barbara affacciandosi dalla cucina – non fare sciocchezze".

"Non ho più bisogno di raccomandazioni, non ne do e non ne voglio da nessuno."

Rimase un attimo sulla porta, accennò a mezza voce qualcosa e si avviò verso il bosco.

Gli uccelli sparsero la voce del suo arrivo e cessarono di cantare. Quando si affacciò nel bosco il silenzio era totale. Anche il torrente si era azzittito; forse per non farsi trovare. Marçio, per nulla intimorito, con il suo passo felpato e veloce si addentrò tra gli alberi.

Il suo istinto gli fece trovare la strada giusta. Solo ora scopriva che il bosco aveva anche un odore e lo godeva a pieni polmoni; ogni foglia, ogni ramo, aveva un odore diverso. Resine, fiori e arbusti lo eccitavano.

Si fermò qualche attimo e vide correre lontano un piccolo mammifero. Dove gli alberi e il sottobosco si infittivano, il torrente correva tranquillo come una volta. Si stupì notando che le sue avventure non ne avevano cambiato il corso. Alle sue spalle lo sovrastavano le rapide. Si portò più distante. Attese le solite vibrazioni impaurito dal fatto di non poter prevedere le sue reazioni. Aspettò più di un'ora e lungo la schiena non sentì scatenarsi ciò che si aspettava. Pensò di vedere arrivare Barbara da un momento all'altro. Invece passò un'altra mezz'ora, il buio divenne totale. Non sapeva interpretare la sua calma. In quel posto, contrariamente a quanto avevano pensato sia lui che Barbara, si sentiva tranquillo e rilassato. Stava bene, veramente bene. Soltanto il freddo riuscì a distogliergli lo sguardo dalle rapide. Dopo due ore non era caduto nessun tronco. Si alzò e si rituffò nel bosco. Poco prima di abbandonare ogni pensiero, si voltò d'istinto: dietro la cascata gli sembrò di percepire la figura sfocata di un uomo. Cominciò a correre.

"Professor Zamenhof, professor Zamenhof" gridò a squarciagola.

L'uomo si muoveva, lentamente come sempre, al di là della cascata e sembrava dirigersi senza fretta verso l'entrata di una grotta. Marçio si gettò nel torrente e cominciò a correre verso Zamenhof inciampando nell'acqua ad ogni passo. Arrivò sotto le rapide completamente bagnato. Chiamò Zamenhof in esperanto. Poteva sembrare una scena di uno dei suoi sogni e invece era la realtà. Si bloccò, ma solo per un attimo, quando gli sembrò che dalla cascata venissero giù scartoffie ingiallite invece che acqua gelata. Avanzò ancora fino a superare le rapide, dietro non c'era nulla. Si appoggiò ad alcuni macigni che formavano la base di un'altissima parete di roccia. Il professore, così come nel suo ufficio, era scomparso dietro una cascata senza dire una parola. La luna lo aiutò filtrando tra gli alberi e rischiarando tutto. Marçio lo interpretò come un segnale e si avviò nuovamente verso casa. Barbara stava leggendo un libro davanti al fuoco. Come se nulla fosse, entrò tutto bagnato lasciando dietro di sé pozze d'acqua e terra.

"Hai visto che luna c'è stasera? È bianca, completamente bianca. Ti ricordi quando volevamo andarci a cena?" disse entrando.

Barbara fece finta di nulla; si alzò e lo aiutò ad asciugarsi. Sempre senza fiatare gli riscaldò una bistecca e della verdura.

Mentre Marçio si trovava nel bosco, Barbara aveva preparato una stanza con due letti singoli a distanza di un paio di metri.

Sapeva che sarebbe stato il momento più difficile del loro soggiorno. Infatti, dopo cena, appena si affacciò alla camera, Marçio trasalì.

"Perché non hai preparato la stanza dell'altra volta?"

Barbara mentì.

"Non sapevo se lo volevi. Non riesco a capire cosa ti fa piacere e cosa preferisci evitare."

"Ma che dici? Non voglio evitare niente."

Marçio le si avvicinò. Le afferrò i capelli e la strinse dolcemente a sé. Abbracciandola la spinse nel corridoio; ondeggiarono per qualche metro fino all'altra camera. Spalancò la porta con un piede e accese la luce col gomito. Tirò indietro la testa di Barbara e la baciò con forza. Si infilarono nel letto.

"Chissà, possiamo farcela, è possibile" disse Marçio.

"Dobbiamo essere convinti di voler tornare quelli di meno di un anno fa" rispose Barbara.

Marçio sorrise.

"È incredibile non è passato nemmeno un anno, nemmeno un anno."

Un'espressione profonda rabbuiò il viso di Barbara.

"Lotta per essere Manuel, per tornare a essere Manuel. Ti prego, non ti accontentare. Ce la puoi fare anche fisicamente. Facciamo così: da questo momento ricomincio a chiamarti Manuel. Proviamo? Adesso che si sa tutto esattamente potremo tornare dal professore. Ti opereranno di nuovo, metteranno a punto un antidoto."

"Non ho preso nessun veleno" la interruppe bruscamente Marçio.

"Ma faranno qualcosa. Tornerai a essere quello che conoscevo e che amerò sempre."

Marçio si voltò. Cominciò a fissare la montagna che formavano i suoi piedi sotto il lenzuolo. Infilò le mani sotto il cuscino e picchiò le nocche sul muro.

"No, Barbara, mettiti in testa che non sarà possibile. Manuel, almeno nel nome, è morto davvero. Cosa significa tornare a essere un altro? Nulla. Sono Marçio non Manuel. È vero, non cambia molto, la sostanza è più o meno la stessa. Ma sono Marçio, Marçio, Marçio. Lo capisci? Dopo quanto è successo, dopo secoli di disperazione, mi chiedi di abbandonare quello che ho costruito giorno per giorno. Mi chiedi di essere un altro."

"Non un altro, ma quello che eri" ripeté Barbara.

"Non puoi pretendere che per me tutto torni ad essere come prima."

Marçio si tirò su appoggiando la schiena alla parete.

"Potremmo parlare giorni interi. Ma ti voglio dire una cosa sola, una sola. Non è stata colpa della fiala, né del professore, nemmeno del tronco. Tantomeno del direttore dello zoo, di nessuno. Persone e cose sono state solo un pretesto, una giustificazione. Manuel era stufo, voleva andare via, non poteva più accettarsi, doveva scappare, trovare un alibi, una via d'uscita, allontanarsi per capire. Voleva sapere se quello era l'unico modo per spendere la vita, per accettare i compromessi e la normalità. La fiala non c'entra. Tutto sarebbe successo comunque. Forse in modo ancora più drammatico."

"Stai sostenendo tesi assurde, incomprensibili per una persona normale."

"E proprio questo il punto. Manuel ha detto basta con la normalità, con la programmazione, con gli orari, con le cose imposte e convenzionali. Basta. Per colpa di tutto ciò sono diventato Marçio. Manuel alla prima occasione che gli si è presentata se ne è andato. Perché dovrebbe tornare proprio adesso? E Marçio una volta tornato in libertà ha rischiato e sta rischiando molto. Sta cercando di non ricadere nello stesso errore. Quello che non capisci è che sono contento di essere considerato così. L'importante è avere il coltello dalla parte del manico e dimostrare che sono un uomo. Il resto mi sta bene."

"Ti rendi conto cosa comporta ciò che dici?"

Marçio continuò a parlare col suo passato. "Stava ricominciando tutto da capo. Marçio stava ritrasformandosi in Manuel, oppure in uno simile a Manuel. Ma ce la farò, anzi ce la faremo. Pensa: se un'ora fa sotto le rapide mi fosse caduto un ramo in testa sarebbe ricominciato tutto di nuovo. Ma non è successo? Perché? Perché adesso molte cose sono diverse. Me lo ha fatto capire anche Zamenhof poco fa."

"Chi?"

"Lascia perdere, ci sono alcuni particolari che non puoi capire."

"Spiegami, ti prego. Chi c'era al torrente?"

"Zamenhof, il professor Zamenhof. Il padre dell'esperanto" rispose Marçio sapendo che le sue erano parole sprecate.

"Cosa hai detto?"

"Zamenhof, Zamenhof. Cosa c'è di strano? Lo vedi che non capisci? Zamenhof mi ha aiutato più di una volta in questi mesi. Senza sforzo rimanendo nel suo ufficio tra le sue carte. Eppure mi ha aiutato. La cosa più importante? Che è inutile dannarsi in tentativi inutili."

"Tentativi di che genere?" chiese Barbara che ormai non capiva una sola parola del suo discorso.

"Tentativi come il mio o come il suo. La fiala non è la vera colpevole. Ma non preoccuparti."

Barbara fece cadere il discorso nel nulla. Capiva che sarebbe stato impossibile farlo ragionare. Appena avevano approfondito la loro situazione si erano create barriere insormontabili. Si girò verso di lui e cominciò a carezzargli la fronte. Marçio si accostò. Prese la mano di Barbara e se la strofinò sul collo facendole compiere movimenti circolari. La mano scomparve in mezzo ai peli del torace. Dopo qualche attimo Marçio spense la luce; le sfilò la camicia da notte e continuando ad accarezzarla ovunque si levò le mutande che lanciò in aria. Il respiro di Marçio divenne forte, incontrollabile.

"Sei bellissima, – le disse odorandola e strofinandole la lingua sul seno – ho bisogno, disperatamente bisogno di te".

Si baciarono, si toccarono, si provocarono. Il buio li aiutava a comportarsi nel modo più naturale possibile. Barbara lo baciò dove a Manuel piaceva essere baciato e il tremito di Marçio divenne incontenibile. Se la stanza fosse stata illuminata sarebbe stata una scena del tutto innaturale, forse ridicola. Ma al buio tutto assumeva un aspetto diverso. Barbara, nella sua disperata convinzione di poterlo aiutare, stava facendo l'amore con Manuel.

Di colpo, quando meno Barbara se lo sarebbe aspettato, Marçio allungò un braccio e accese la luce. Era disteso sopra di lei, sudato, il ventre si contraeva plasmandosi sui muscoli della compagna.

"Voglio il figlio che ci meritiamo" disse Marçio. Barbara si girò di colpo e quasi lo scaraventò giù dal letto.

"Ti prego, spegni la luce, spegni la luce" gridò. Si irrigidì nello stesso momento in cui riesplose il buio ad aiutarla. Manuel l'aveva abbandonata. Non era lui che stava cercando di farle rivivere momenti felici. Non era Manuel né ciò che era rimasto di lui.

Era un estraneo, una persona che vagamente lo ricordava nei gesti e nelle parole ma che sembrava una bestia. Una bestia che voleva farle accettare ciò che già sapeva non avrebbe mai accettato. Marçio era diverso, più rigido, aveva in testa strane idee, puzzava. Non capiva perché aveva voluto tornare in quel posto. Capì però in un attimo, che per quanto avesse voluto bene a Marçio, per quanto cercasse di comprenderlo, non avrebbe mai potuto dividere con lui la vita. Manuel quando faceva l'amore era più dolce, parlava, era romantico e spiritoso, dopo anni si vergognava ancora di fare e dire certe cose, non aveva mai voluto farlo al buio. Marçio era esattamente il contrario: il fisico robusto, movimenti bruschi e incontrollati, era violento senza volerlo essere, possessivo. I peli poi erano esageratamente lunghi, le mani callose, le parti intime grandi e viscide, il sudore acido.

Marçio trasportato dall'eccitazione non si rese conto dell'irrigidimento di Barbara e continuò a baciarla sulle cosce. Proprio mentre le usciva la lacrima con cui salutava definitivamente Manuel, Marçio le allargò le gambe e la penetrò. Pensò un attimo ai gorilla dello zoo e quanto li avesse invidiati. Barbara sentì una fitta acuta e istintivamente, contraendo tutti i muscoli gli impedì di entrare. Marçio senza dire una parola cominciò a stringerle le braccia e a spalancarle le gambe. Fece appena in tempo a offenderla e a godere con la rapidità di un felino. Barbara gridò, con un colpo di reni riuscì a disarcionarlo e a correre in bagno. Marçio rimase a letto senza cambiare posizione. I suoi occhi erano abituati all'oscurità. I contorni della stanza lo facevano sentire un estraneo. Si alzò, gli girava la testa, si appoggiò sul bordo del letto, raccolse le mutande e le infilò.

"Non ce l'ho fatta Marçio. Non ce l'ho fatta, ma ce l'ho messa tutta. Scusami" disse Barbara affacciandosi alla porta.

Marçio sospirò e scrollò il capo, aveva nausea di se stesso.

"Ha ragione Zamenhof. Sopravviviamo grazie all'illusione. Non piangere, non c'è nulla da scusare. Sono io a chiederti perdono. Ti ho offeso, lo capisco; volevi e credevi di fare l'amore con Manuel, non con me. Hai ragione, non posso pretendere che tutto rimanga uguale."

Barbara tremò al pensiero che Marçio sarebbe rimasto solo per tutta la vita.

"Non significa che io non possa aiutarti. Avrei la stessa reazione, anzi l'ho avuta, anche con altri uomini. Non vuole dire nulla."

Marçio piano piano era scivolato sul pavimento di ceramica. Il freddo che gli saliva per le gambe lo faceva sentire a suo agio. In gabbia aveva provato quella sensazione centinaia di volte.

"È diverso Barbara, molto diverso, lo capisco, ma devi essere sincera, con me e con te. Non posso starti accanto, non posso. Manuel poteva, io no. Marçio ha fatto l'amore con un gorilla. È l'unica cosa che ti ho tenuta nascosta."

Barbara taceva. Soffriva ma sapeva che non sarebbero rimasti lì a lungo.

"Non puoi amarmi, né starmi accanto, ne pagheresti le conseguenze. È giusto, giustissimo, ti chiedo scusa. È una delle tante regole che Giacomo ha cercato di insegnarmi. Perdonami. È l'ultima cosa che voglio da te. Lei dal letto lo abbracciò. Marçio si accucciò a terra.

"Potrei avere dentro di me qualcosa che desideri, hai sempre desiderato e ti apparterrebbe per sempre" disse Barbara.

"Vai via mentre dormo, – continuò Marçio ignorando le sue ultime parole – buonanotte".

Prese il cuscino e una coperta, si sdraiò sul pavimento e si addormentò. Barbara rimase tutta la notte a fissarlo.

Partì con la prima luce dopo aver inutilmente cercato di svegliarlo. Scrisse un biglietto ma lo buttò prima di andarsene.

Marçio stava inseguendo se stesso altrove.

30.

I rami della bougainvillea cadevano dal tetto come uno strascico di seta. Marçio sapeva che avrebbe mantenuto quel colore bruciato solo per poche ore: il tempo necessario per annunciare l'arrivo dell'autunno. Lasciò cadere la lunga tenda. Indossava un pigiama celeste, ai piedi due pantofole di pelle. Si avvicinò a un calendario, strappò un foglietto bianco, sotto ne comparve uno identico.

La caffettiera stava sbuffando da qualche minuto, ingoiò il caffè bollente direttamente dalla macchina. Si gettò sotto la doccia calda, accese la radio, ascoltò qualche notizia, cambiò canale e riascoltò le stesse notizie. Fece la stessa cosa alcune volte fino a quando fu completamente asciutto. Poco dopo era perfettamente vestito, lavato, profumato e informato sui fatti del giorno.

Si mise a tavolino e scrisse alcune lettere in esperanto. Aprendolo esattamente ogni volta alla pagina giusta, controllò un paio di parole sul dizionario.

Arrivò una donna anziana.

"Buongiorno Marçio come va?"

"Bene, molto bene."

La donna entrò in cucina e prese scopa e secchio.

"Tornerò tra un'ora – disse Marçio – faccia con comodo. In frigorifero c'è dell'erba andata a male, la butti".

Si infilò un golf e uscì. Arrivato al centro della piazzetta respirò a pieni polmoni gonfiandosi di umidità.

Lo zoo era addormentato. Mancava più di un'ora all'arrivo dei visitatori. Si addentrò per le piccole vie molto lentamente. Passando davanti alle gabbie accennava un gesto di saluto. Gli animali che già erano svegli ricambiavano. Seguiva automaticamente un percorso prestabilito, non salutava tutti ma a tutti passava davanti.

Le gabbie erano perfettamente curate. I primi raggi del mattino le colpivano di traverso dipingendo arcobaleni incastrati tra sbarre trasparenti. Gli animali avevano la faccia soddisfatta.

Arrivò all'ingresso e senza uscire rimase alcuni istanti a fissare i bambini che andando a scuola si fermavano davanti al carretto dei croccanti. Senza farsi vedere si affacciò alla biglietteria. Dietro il vetro lucido, alla destra di una targa di ottone con le tariffe, Zamenhof, sbarbato e pettinato, stava contando l'incasso del giorno precedente. Aveva una giacca a quadri nuova, una camicia bianca pulitissima un grosso papillon a pois. Marçio si fermò un attimo a guardarlo. Lavorava concentrato e veloce. Mise in un cassetto i soldi e tirò fuori i biglietti dello zoo. Respirava profondamente e poco alla volta il vetro si appannò fino a farlo scomparire. Marçio mormorò qualcosa sottovoce.

Tornò nella piazzetta e per ultimi salutò i gorilla. La femmina stava allattando un piccolo e il maschio stava lavandosi. Prima di rientrare Marçio ripassò di fronte alla gabbia delle scimmiette. Di lato c'era una nuova statua: la scimmietta amica di Marçio batteva le mani. Da una siepe accanto al muro di cinta staccò un fiore e lo posò tra le mani di freddo metallo dell'animale.

Raccolse un grosso coleottero morto.

Esternamente la sua vecchia gabbia non era cambiata molto. La vetrata era stata ridotta per far posto a una porta di legno massiccio. Dietro le sbarre, sempre le stesse ma verniciate da poco, delle tende gialle impedivano di vedere all'interno. Il muro era intonacato color ocra e due palme nane adornavano l'ingresso.

Marçio entrò mentre la donna stava uscendo con un mucchio di panni sporchi in mano.

"È tutto in ordine, – disse la vecchia – quando si deciderà a cacciare quei due gechi?".

Marçio si fermò sullo zerbino e tirò fuori un paio di banconote.

"Ci vediamo dopodomani."

Si sbottonò il golf, schioccando le dita accese la televisione per rispegnerla subito dopo. Si infilò le pantofole e ripose le scarpe in un armadietto di formica accanto al bagno. Prese dal frigorifero una bottiglia di latte, vi inzuppò dentro alcune tavolette di cioccolato.

Con la calma che distingueva tutti i suoi movimenti si alzò dalla panca della cucina e si accomodò sulla sedia a dondolo accanto al tavolo in salotto. Fissò il calendario bianco. Suonò il campanello. Era Giacomo. Indossava la tuta blu degli inservienti dello zoo. Aveva in mano un pacco.

"Lo hanno consegnato all'ufficio poco fa. Questo è il latte con il riso" disse porgendogli un contenitore di plastica.

"Ti aspetto più tardi per mangiare qualcosa insieme" disse Marçio.

Giacomo si tirò dietro la porta. Marçio scostando le tende lo vide allontanarsi. Scartò distrattamente il pacco che conteneva alcuni giornali, buttò un'occhiata sui titoli in esperanto. Poi si avvicinò al foglio bianco del calendario e vi tracciò segni incomprensibili. Mise un disco sul piatto, aspettò anticipandole le prime note.

Si affacciò di nuovo alla finestra: Giacomo stava portando il latte col riso ai gorilla. I due gechi scesero dal soffitto lungo il vetro, grassi e rosa, fino ad arrivare davanti ai suoi occhi. Marçio prese dalla tasca il coleottero morto e lo posò sul termosifone sotto la finestra. I gechi cominciarono a mangiarlo. Nella piazzetta gli animali si erano affacciati alle gabbie. Suonò il telefono, parlò qualche minuto col direttore e con calma si gustò una scatoletta di larve finché un moscone non cominciò a infastidirlo. Gli ronzò intorno alle orecchie e al mento, si riposò per qualche istante tra i suoi capelli. Quando gli sembrò che stesse per entrargli nel naso si colpì con forza sopra la bocca uccidendolo.

In quel momento, dopo due giorni, si svegliò. Si rattristò, col moscone in mano, di non poterlo offrire ai gechi. L'odore delle lenzuola e degli spigoli del letto gli ricordò Barbara. Con gli occhi sbarrati scese lentamente, molto lentamente le scale dello chalet infilandosi tra un gradino e l'altro un maglione sopra il pigiama. L'ingresso era illuminato da una strana catena di raggi e riflessi. Fissò il telefono. Dalla porta socchiusa entrava una brezza pungente. Sorrise a quel richiamo impalpabile che gli fece aprire gli occhi. Calpestò l'ultima rugiada, uno spicchio di luna stanca evaporava poco sopra il sole già alto sugli abeti. Una nuvola, in una giornata senza vento, correva bassa e tagliente verso di lui. Si incamminò verso il torrente lasciandosi dietro i pochi vestiti. Prese fiato, infilò la testa nell'acqua fredda e si distese nudo e rilassato su un tappeto di rami secchi.

Rimase lì due giorni passando ore intere a guardare cosa venisse giù dalle rapide.

Sommario